戴望舒诗文集

DAIWANGSHU SHIWENJI

戴望舒 / 著译

北方联合出版传媒（集团）股份有限公司

万卷出版公司

ⓒ　戴望舒　　2014

图书在版编目（CIP）数据

戴望舒诗文集 / 戴望舒著译. — 沈阳：万卷出版

公司，2014.8（2022.1 重印）

（典藏 / 吴昊主编）

ISBN 978-7-5470-3052-3

Ⅰ．①戴… Ⅱ．①戴… Ⅲ．①诗集－中国－现代②散

文集－中国－现代 Ⅳ．① I216.2

中国版本图书馆 CIP 数据核字 (2014) 第 126067 号

出版发行：北方联合出版传媒（集团）股份有限公司

　　　　　万卷出版公司

　　　　　（地址：沈阳市和平区十一纬路25号　邮编：110003）

印 刷 者：北京一鑫印务有限责任公司

经 销 者：全国新华书店

幅面尺寸：178mm×254mm

字　　数：350千字

印　　张：19

出版时间：2014年8月第1版

印刷时间：2022年1月第2次印刷

责任编辑：张洋洋

封面设计：范　娇

版式设计：鄂姿羽

责任校对：高　辉

ISBN 978-7-5470-3052-3

定　　价：68.00元

联系电话：024-23284090

邮购热线：024-23284050

传　　真：024-23284521

经典之藏，心灵之旅

　　读书是一件辛苦的事，读书又是一件愉悦的事。读书是求知的理性选择，同时，读书又是人们内在自发的精神需求。不同的读书者总会有不同的读书体验，但对经典之藏，对精品之选的渴求却永远存在。

　　传统上，读书是求学的手段，千百年来，人类知识的传承，最重要的方式总是通过书籍的记载与传述。因为有了书，人类才可以文脉延续，薪火相传。西哲说：书籍是人类进步的阶梯。因而，先贤们都把读书当作高尚而庄重的事情，赋予读书神圣、光荣的使命感。故此，韦编三绝、悬梁刺股，以及凿壁、囊萤、映雪等等，就成了刻苦求学的典型，千百年来成为人们效法的楷模。于是，寒门学子挑灯夜读，富家子弟潜心求学，或诚心拜师，或自学成才，诸如此类的事例，就成了激励学子上进求学的传说故事而广泛流传。

　　书籍除了自身寓含的教化功能外，还能让人感到身心的愉悦和快乐。在文化生活极度匮乏的年代，人们极力去寻找各种承载文明的载体，来填塞文化需求的饥渴。一本残破小书，可以在上百人的手中传递和阅读，看完后仍意犹未尽，不忍释卷。彼时，人们读书如饥似渴，却并无黄金屋、颜如玉一类的功利目的，有的只是内心的精神需求，读书的愉悦与快乐正在于此。仲春季节，读书间隙，推窗而立，鸟语花香扑面而来，内心深处则有禾苗拔节的哗剥之声回响；炎炎夏日，一卷在手，品茗读书，摇扇驱蚊，自然能感受到心灵的清凉和愉悦；秋风瑟瑟，听窗外传来淅淅沥沥的雨声，啜一口酽茶，想起"风声雨声读书声"的名联，便会发出会心的微笑；数九严冬，寒意砭骨，围炉夜读或雪夜捧卷，书香入腹，情暖人心，又能体验到视通万里、思接千载的悠悠遐思。

无论是求学求知还是寻求精神上的愉悦，读书都是我们的一种心灵之旅，是接受自我内心的召唤和灵魂的导引上路，让自己再次起飞得到新生的力量。变换的风景，奇异的遭遇，萍逢的客人，这一切旅途中可能发生的事件，都会在我们读过的书籍中出现，它们强烈地超出了我们已知的范畴，以一种陌生和挑战的姿态，敦促我们警醒，唤起我们好奇。在我们被琐碎磨损的生命里，张扬起绿色的旗帜；在我们刻板疲惫的生活中，注入新鲜的活力。

正因为读书之益，读书之趣，我们才对书籍本身挑剔起来。试想，灵魂之伴侣如何可以等闲视之呢？一本书的好坏，总会有无数人来品评，既有芸芸众者即兴点评，又有专家学者细心解析。然而，书籍最终的裁定者是历史而不是某一种潮流。随着时光的淘汰，留下来的经典之作渐渐走进更多人的视野，留在人们的案头，成为经典之藏。

"典藏"之作正如伴随我们的益友，多闻、博大、精彩而有趣，这样的益友，需要人们用心地品读，细心地筛选，最终把最好的"朋友"留在自己的身边。我们的"典藏"正是帮助读者挑"益友"的一种尝试，希望能把经典的、有价值的或者有趣的书籍放在读者的案头，让它们像朋友一样陪伴每一位读者走上自己的心灵之旅。

当我们打开书本，走进属于自己的心灵世界，自然能够体验那种君临一切的奇特感觉。此时心如止水，宁静安然，恰如室外无言的星月，美文佳句不期而至时，或击案称绝，或吟哦出声，甘之如饴。愿这"典藏"之作能给我们的心灵留下一块绿荫，助大家在自己的漫漫行旅中搭起一座可供休憩的风雨亭，对抗庞大、芜杂、纷繁的外界侵扰。

戴望舒诗文集

"戴望舒在新月诗风疲敝之际，李金发诗才枯涩之余，从法国初期象征诗人那里得来了很大的影响，写出了他的新鲜的自由诗，在他个人是相当的成功，在中国诗坛是造成了一种新的风格。"

——施蛰存

戴望舒（1905—1950）是20世纪上半叶中国诗坛的重要诗人之一，是中国现代象征派诗歌的代表。早年就读于上海大学、震旦大学，曾因宣传革命被捕。无论理论还是创作实践，都对中国新诗的发展产生过相当大的影响。因为《雨巷》成为传诵一时的名作，他被称为"雨巷诗人"。

望舒这个名字出自《离骚》："前望舒使先驱兮，后飞廉使奔属。"含义是上天入地，漫游求索，乘坐龙马拉着的车子，前面由月神望舒代为开路，后面有风神飞廉跟随。望舒是古代神话传说中为月亮驾车的天神，美丽温柔，纯洁幽雅，后世用作月亮的代称。取名"望舒"，含义就是迎取光明。戴望舒的一生也人如其名，一直都在追寻着光明。

其诗集主要有《我的记忆》《望舒草》《望舒诗稿》《灾难的岁月》《戴望舒诗选》《戴望舒诗集》，另有译著等数十种。

戴望舒还是一位成就斐然的翻译家，先后翻译了雨果、魏尔伦、果尔蒙、保尔·福尔、耶麦、比也尔·核佛尔第、苏佩维艾尔、瓦雷里、阿波里奈尔、艾吕亚、波特莱尔等多位诗人的大量诗作。

　　戴望舒的诗歌作品数量不多，多半是短诗。但在艺术层面上，有着极高的成就与独特的魅力。他的诗歌包含了多种思想艺术气质，都显示着或指引着新诗的发展与流变的种种动向。戴望舒从中国古典诗词中汲取营养，同时采撷了西方现代派的表现手法，最终走上了咏唱现实之路，形成了自己诗歌的独特风格。他的诗作创造了意蕴内涵的朦胧美，尤其是在意象的组合上，讲究和谐一致，所以给人一种张弛有度的流动美感。

　　戴望舒打破了传统格律诗的樊笼，以自由的散文化手法表达感情，使诗歌显得更为朴素、自然、亲切。经常采用精短简单的句子，却在词句当中形成一种千回百转的情愫，使读者感受到诗句中内在情绪的不断流动，给读者以丰富的回味与想象的空间。

　　本书精选了戴望舒的代表性诗作、译诗及部分散文、文学评论，基本涵盖了戴望舒作品的精华，不但有助于了解戴望舒的作品与写作特点，还有助于对国外的多位著名诗人的作品形成全面系统的认识，从中感受到诗的魅力。

目 录

诗歌

译作

保罗·艾吕雅作品

苏佩维艾尔作品

果尔蒙作品

诗 歌

撑着油纸伞，独自
彷徨在悠长，悠长
又寂寥的雨巷，
我希望逢着
一个丁香一样地
结着愁怨的姑娘。

——《雨巷》

戴望舒一生著述颇丰，诗歌，译作，散文，评论不一而足，但其最为被广大读者所熟悉的作品还是诗歌。

1923年，戴望舒进入上海大学中国文学系，1925年转入上海震旦大学学习法文，并在第二年就读于该校法科。1926年春，开始在与施蛰存合编的《璎珞》旬刊上发表诗文，处女作是《凝泪出门》。1928年《雨巷》一诗在《小说月报》上刊登，引发广泛关注，他由此获得了"雨巷诗人"的称号。其一生中创作了上百首诗歌，诗集有《我的记忆》《望舒

草》《望舒诗稿》《灾难的岁月》等。

戴望舒的诗歌主要受中国古典诗歌与法国象征主义诗人的影响较大，前者例如晚唐温庭筠、李商隐，后者例如魏尔伦、果尔蒙、耶麦等。戴望舒作为现代派新诗的举旗人，不论是理论方面，还是创作实践方面，都曾对中国新诗的发展产生过巨大影响。在诗的内容上，他注重诗意的完整与明朗，在形式上不进行刻意雕琢。

戴望舒的首部诗集《我的记忆》中，收录的作品大多为情诗与愁诗，抒发个人哀愁感伤情绪。其代表作《雨巷》，标志着诗人在新月派的影响之下由浪漫式抒情向象征式表现手法的一个转折。

诗集《望舒草》展现了作者诗歌艺术创作的日趋成熟。此时的诗人生活在大革命失败后的白色恐怖中，理想和现实的矛盾，使他的精神苦闷而低沉。这一时期，戴望舒不失其孤寂、抑郁和多愁善感的特点，但也不乏色调明朗、情绪奔放的诗作。

1937年抗战爆发后，戴望舒的诗歌观念和创作实践发生了重大的变化，他决心在敌人的阴霾笼罩中挣扎，以自己微渺的光亮尽一点照明之责。戴望舒后期的诗歌作品已显示出了超越个人情感的高层次内涵和蓬勃的生命力。

雨 巷

撑着油纸伞，独自
彷徨在悠长，悠长
又寂寥的雨巷，
我希望逢着
一个丁香一样地
结着愁怨的姑娘。

她是有
丁香一样的颜色，
丁香一样的芬芳，
丁香一样的忧愁，
在雨中哀怨，
哀怨又彷徨；

她彷徨在这寂寥的雨巷，
撑着油纸伞
像我一样，
像我一样地
默默彳亍①着
冷漠，凄清，又惆怅。

①彳亍：慢步走，走走停停。

她静默地走近
走近，又投出
太息一般的眼光，
她飘过
像梦一般地，
像梦一般地凄婉迷茫。

像梦中飘过
一枝丁香地，
我身旁飘过这女郎；
她静默地远了，远了，
到了颓圮的篱墙，
走尽这雨巷。
在雨的哀曲里，
消了她的颜色，
散了她的芬芳，
消散了，甚至她的
太息般的眼光，
她丁香般的惆怅。

撑着油纸伞，独自
彷徨在悠长，悠长
又寂寥的雨巷，
我希望飘过
一个丁香一样地
结着愁怨的姑娘。

残花的泪

寂寞的古园中，
明月照幽素，
一枝凄艳的残花
对着蝴蝶泣诉：

我的娇丽已残，
我的芳时已过，
今宵我流着香泪，
明朝会萎谢尘土。

我的旖艳与温馨，
我的生命与青春
都已为你所有，
都已为你消受尽！

你旧日的蜜意柔情
如今已抛向何处？
看见我憔悴的颜色，
你啊，你默默无语！

你会把我孤凉地抛下，
独自蹁跹地飞去，
又飞到别枝春花上，
依依地将她恋住。

明朝晓日来时
小鸟将为我唱薤露歌；
你啊，你不会眷顾旧情
到此地来凭吊我！

十 四 行

微雨飘落在你披散的鬓边，
像小珠碎落在青色的海带草间，
或是死鱼漂翻在浪波上，
闪出神秘又凄切的幽光。

诱着又带着我青色的灵魂，
到爱和死的梦的王国中睡眠，
那里有金色的空气和紫色的太阳，
可怜的生物将欢乐的眼泪流到胸膛；

就像一只黑色的衰老的瘦猫，
在幽光中我憔悴又伸着懒腰，
流出我一切虚伪和真诚的骄傲；

然后， 又跟着它踉跄在轻雾朦胧；
像淡红的酒沫飘在琥珀中，
我将有情的眼藏在幽暗的记忆中。

不要这样盈盈地相看

不要这样盈盈地相看，
把你伤感的头儿垂倒，
静，听啊，远远地，在林里，
在死叶上的希望又醒了。

是一个昔日的希望，
它沉睡在林里已多年；
是一个缠绵烦琐的希望，
它早在遗忘里沉湮。

不要这样盈盈地相看，
把你伤感的头儿垂倒，
这一个昔日的希望，
它已被你惊醒了。

这是缠绵烦琐的希望，
如今已被你惊起了
它又要依依地前来
将你与我烦忧。

不要这样盈盈地相看，
把你伤感的头儿垂倒，
静，听啊，远远地，从林里，
惊醒的昔日的希望来了。

Spleen

我如今已厌看蔷薇色，
一任她娇红披满枝。

心头的春花已不更开，
幽黑的烦忧已到我欢乐之梦中来。

我的唇已枯，我的眼已枯，
我呼吸着火焰，我听见幽灵低诉。

去吧，欺人的美梦，欺人的幻象，
天上的花枝，世人安能痴想。

我颓唐地在挨度这迟迟的朝夕！
我是个疲倦的人儿，我等待着安息。

残叶之歌

男子

你看，湿了雨珠的残叶
静静地停在枝头，
（湿了珠泪的微心，
轻轻地贴在你心头。）

它踌躇着怕那微风
吹它到缥缈的长空。

女子

你看，那小鸟曾经恋过枝叶，
如今却要飘忽无迹。
（我的心儿和残叶一样，
你啊，忍心人，你要去他方。）

它可怜地等待着微风，
要依风去追逐爱者的行踪。

男子

那么，你是叶儿，我是那微风，
我曾爱你在枝上，也爱你在街中。

女子

来啊，你把你微风吹起，
我将我残叶的生命还你。

Mandoline

从水上飘起的，春夜的Mandoline，
你咽怨的亡魂，孤冷又缠绵，
你在哭你的旧时情？

你徘徊到我的窗边，
寻不到昔日的芬芳，
你惆怅地哭泣到花间。

你凄婉地又重进我纱窗，
还想寻些坠鬓的珠屑——
啊，你又失望地咽泪去他方。

你依依地又来到我耳边低泣；
啼着那颓唐哀怨之音；
然后，懒懒地，到梦水间消歇。

我的记忆

我的记忆是忠实于我的，
忠实得甚于我最好的朋友。

它存在在燃着的烟卷上，
它存在在绘着百合花的笔杆上。
它存在在破旧的粉盒上，
它存在在颓垣的木莓上，
它存在在喝了一半的酒瓶上，
在撕碎的往日的诗稿上，在压干的花片上，
在凄暗的灯上，在平静的水上，
在一切有灵魂没有灵魂的东西上，
它在到处生存着，像我在这个世界一样。

它是胆小的，它怕着人们的喧嚣，
但在寂寥时，它便对我来作像密切的拜访。

它的声音是低微的，
但是它的话是很长，很长，
很多，很琐碎，而且永远不肯休：
它的话是古旧的，老是讲着同样的故事，

它的音调是和谐的，老是唱着同样的曲子，
有时它还模仿着爱娇的少女的声音，
它的声音是没有力气的，
而且还夹着眼泪，夹着太息。

它的拜访是没有一定的，
在任何时间，在任何地点，
甚至当我已上床，朦胧地想睡了；
人们会说它没有礼貌，
但是我们是老朋友。

它是琐琐地永远不肯休止的，
除非我凄凄地哭了，或是沉沉地睡了：
但是我是永远不讨厌它，
因为它是忠实于我的。

路上的小语

——给我吧，姑娘，那朵簪在你发上的
小小的青色的花，
它是会使我想起你的温柔来的。

——它是到处都可以找到的，
那边，你看，在树林下，在泉边，
而它又只会给你悲哀的记忆的。

——给我吧，姑娘，你的像花一样地燃着的，
像红宝石一样地晶耀着的嘴唇，
它会给我蜜的味，酒的味。

——不，它只有青色的橄榄的味，
和未熟的苹果的味，
而且是不给说谎的孩子的。

——给我吧，姑娘，那在你衫子下的
你的火一样的，十八岁的心，
那里是盛着天青色的爱情的。

——它是我的，是不给任何人的，
除非别人愿意把他自己的真诚的
来作一个交换，永恒地。

林下的小语

走进幽暗的树林里，
人们在心头感到了寒冷。
亲爱的，在心头你也感到寒冷吗，
当你拥在我怀里，
而且把你的唇粘着我的时候？

不要微笑，亲爱的：
啼泣一些是温柔的，
啼泣吧，亲爱的，啼泣在我的膝上，
在我的胸头，在我的颈边：
啼泣不是一个短促的欢乐。

"追随我到世界的尽头。"
你固执地这样说着吗？
你说得多傻！你去追随天风吧！
我呢，我是比天风更轻，更轻，
是你永远追随不到的。

哦，不要请求我的心了！
它是我的，是只属于我的。
什么是我们的恋爱的纪念吗？
拿去吧，亲爱的，拿去吧，
这沉哀，这绛色的沉哀。

独自的时候

房里曾充满过清朗的笑声，
正如花园里充满过蔷薇，
人在满积着梦的灰尘中抽烟，
沉想着消逝了的音乐。

在心头飘来飘去的是什么啊，
像白云一样地无定，像白云一样地沉郁？
而且要对它说话也是徒然的，
正如人徒然地向白云说话一样。

幽暗的房里耀着的只有光泽的木器，
独语着的烟斗也黯然缄默，
人在尘雾的空间描摹着惨白的裸体
和烧着人的火一样的眼睛。

为自己悲哀和为别人悲哀是一样的事，
虽然自己的梦是和别人的不同，
但是我知道今天我是流过眼泪，
而从外边，寂静是悄悄地进来。

秋　天

再过几日秋天是要来了，
默坐着，抽着陶器的烟斗。
我已隐隐地听见他的歌吹，
从江水的船帆上，
它是在奏着管弦乐：
这个使我想起做过的好梦。
从前我认它是好友是错了，
因为它带了忧愁来给我。
林间的猎角声是好听的。
在死叶上的漫步也是乐事，
但是，独身汉的心地我是很清楚的，
今天，我是没有闲雅的兴致。
我对它没有爱，也没有恐惧，
我知道它所带来的东西的重量，
我是微笑着，安坐在我的窗前，
当浮云带着恐吓的口气来说：
秋天要来了，望舒先生！

对于天的怀乡病

怀乡病，怀乡病，
这或许是一切
有一张有些忧郁的脸，
一颗悲哀的心，
而且老是缄默着，
还抽着一支烟斗的
人们的生涯吧。

怀乡病，哦，我呵，
我也是这类人之一，
我呢，我渴望着回返
到那个天，到那个如此青的天，
在那里我可以生活又死灭，
像在母亲的怀里，
一个孩子笑着和哭着一样。

我啊，我真是一个怀乡病者
是对于天的，对于那如此青的天的；
在那里，我是可以安安地睡着，
没有半边头风，没有不眠之夜，
没有心的一切的烦恼，
这心，它，已不是属于我的，
而有人已把它抛弃了，
像人们抛弃了敝屣一样。

断　　指

在一口老旧的、满积着灰尘的书橱中，
我保存着一个浸在酒精瓶中的断指；
每当无聊地去翻寻古籍的时候，
它就含愁地向我诉说一个使我悲哀的记忆。

它是被截下来的，从我一个已牺牲了的朋友的手上，
它是惨白的，枯瘦的，和我的友人一样，
时常萦系着我的，而且是很分明的，
是他将这断指交给我的时候的情景：

"为我保存着这可笑又可怜的恋爱的纪念吧，望舒，
在零落的生涯中，它是只能增加我的不幸的了。"
他的话是舒缓的，沉着的，像一个叹息，
而他的眼中似乎含有泪水，虽然微笑是在脸上。

关于他"可笑又可怜的恋爱"我是一点也不知道。
我知道的只是他是在一个工人家里被捕去的，
随后是酷刑吧，随后是惨苦的牢狱吧，
随后是死刑吧，那等待着我们大家的死刑吧。

关于他"可笑又可怜的恋爱"我是一点也不知道，
他从未对我谈起过，即使在喝醉了酒时；
但我猜想这一定是一段悲哀的故事，他隐藏着，
他想使它跟着截断的手指一同被遗忘了。

这断指上还染着油墨的痕迹，
是赤色的，是可爱的，光辉的赤色，
它很灿烂地在这截断的手指上，
正如他责备别人的懦怯的目光在我们的心头一样。

这断指常带了轻微又粘着的悲哀给我，
但是它在我又是一件很有用的珍品，
每当为了一件琐事而颓丧的时候，我会说：
"好，让我拿出那个玻璃瓶来吧。"

印　象

是飘落深谷去的
幽微的铃声吧，
是航到烟水去的
小小的渔船吧，
如果是青色的真珠，
它已堕到古井的暗水里。

林梢闪着的颓唐的残阳，
它轻轻地敛去了
跟着脸上浅浅的微笑。

从一个寂寞的地方起来的，
迢遥的，寂寞的呜咽，
又徐徐回到寂寞的地方，寂寞地。

到我这里来

到我这里来，假如你还存在着，
全裸着，披散了你的发丝：
我将对你说那只有我们两人懂得的话。

我将对你说为什么蔷薇有金色的花瓣，
为什么你有温柔而馥郁的梦，
为什么锦葵会从我们的窗间探首进来。

人们不知道的一切我们都会深深了解，
除了我的手的颤动和你的心的奔跳；
不要怕我发着异样的光的眼睛，
向我来：你将在我的臂间找到舒适的卧榻。

可是，啊，你是不存在着了，
虽则你的记忆还使我温柔地颤动，
而我是徒然地等待着你，
在菩提树下，沉思地，抽着烟。

夕 阳 下

晚云在暮天上撒锦，
溪水在残日里流金；
我瘦长的影子飘在地上，
像山间古树的寂寞的幽灵。

远山啼哭得紫了，
哀悼着白日的长终；
落叶却飞舞欢迎
幽夜的衣角，那一片清风。

荒冢里流出幽古的芬芳，
在老树枝头把蝙蝠迷上，
它们缠绵琐细的私语，
在晚烟中低低地回荡。

幽夜偷偷地从天末归来，
我独自还恋恋地徘徊；
在这寂寞的心间，我是
消隐了忧愁，消隐了欢快。

自家伤感

怀着热望来相见，
希冀从头细说，
偏你冷冷无言；
我只合踏着残叶，
远去了，自家伤感。

希望今又成虚，
且消受终天长怨。
看风里的蜘蛛，
又可怜地飘断，
这一缕零丝残绪。

生　涯

泪珠儿已抛残，
只剩了悲思。
无情的百合啊，
你明丽的花枝。
你太娟好，太轻盈，
使我难吻你娇唇。

人间伴我的是孤苦，
白昼给我的是寂寥；
只有那甜甜的梦儿
慰我在深宵：
我希望长睡沉沉，
长在那梦里温存。

可是清晨我醒来
在枕边找到了悲哀：
欢乐只是一幻梦，
孤苦却待我生挨！
我暗把泪珠哽咽，
我又生活了一天。

泪珠儿已抛残，
悲思偏无尽，
啊，我生命的慰安！
我屏营^①待你垂悯：
在这世间寂寂，
朝朝只有呜咽。

①屏营：彷徨。

Fragments

不要说爱还是恨，
这问题我不要分明：
当我们提壶痛饮时，
可先问是酸酒是芳醇？

愿她温温的眼波
荡醒我心头的春草：
谁希望有花儿果儿？
但愿在春天里活几朝。

凝泪出门

昏昏的灯，
溟溟的雨，
沉沉的未晓天；
凄凉的情绪；
将我的愁怀占住。

凄绝的寂静中，
你还酣睡未醒；
我无奈踯躅徘徊；
独自凝泪出门：
啊，已够伤心。

清冷的街灯，
照着车儿前行：
在我的胸怀里，
从此失去了欢欣，
愁苦已来临。

可　知

可知怎的旧时的欢乐
到回忆都变作悲哀，
在月暗灯昏时候
重重地兜上心来，
　　啊，我的欢爱！

为了召集惟有愁和苦，
朝朝的难遣难排，
恐惧以后无欢日，
愈觉得不可再，
　　啊，我的欢爱！

可是只要你能爱我深，
只要你深情不改，
这今日的悲哀，
会变作来朝的欢快，
　　啊，我的欢爱！

否则悲苦难排解，
幽暗重重向我来，
我将含怨沉沉睡，
睡在那碧草青苔，
　　啊，我的欢爱！

乐 园 鸟

飞着，飞着，春，夏，秋，冬，
昼，夜，没有休止，
华羽的乐园鸟，
这是幸福的云游呢，
还是永恒的苦役？

渴的时候也饮露，
饥的时候也饮露，
华羽的乐园鸟，
这是神仙的佳肴呢，
还是为了对于天的乡思？

是从乐园里来的呢，
还是到乐园里去的？
华羽的乐园鸟，
在茫茫的青空中，
也觉得你的路途寂寞吗？

假使你是从乐园里来的，
可以对我们说吗，
华羽的乐园鸟，
自从亚当、夏娃被逐后，
那天上的花园已荒芜到怎样了？

见毋忘我花

为你开的，
为我开的毋忘我花，
为了你的怀念，
为了我的怀念，
它在陌生的太阳下，
陌生的树林间，
谦卑地，悒郁地开着。

在僻静的一隅，
它为你向我说话，
它为我向你说话；
它重数我们用凝望
远方的潮润的眼睛
在沉默中所说的话，
而它的语言又是
像我们的眼一样沉默。

开着吧，永远开着吧，
罣虑①我们的小小的青色的花。

---

①罣虑：牵挂、思念。

微　笑

轻岚从远山飘开，
水蜘蛛在静水上徘徊；
说吧：无限意，无限意。

有人微笑，
一颗心开出花来，
有人微笑，
许多脸儿忧郁起来。

做定情之花带的点缀吧，
做遥迢之旅愁的凭借吧。

霜　花

九月的霜花，
十月的霜花，
雾的娇女，
开到我鬓边来。

装点着秋叶，
你装点了单调的死，
雾的娇女，
来替我簪你素艳的花。

你还有珍珠的眼泪吗？
太阳已不复重燃死灰了。
我静观我鬓丝的零落，
于是我迎来你所装点的秋。

古意答客问

孤心逐浮云之炫烨的卷舒，
惯看青空的眼喜侵阈的青芜。
你问我的欢乐何在？
——窗头明月枕边书。

侵晨①看岗蹀躞于山巅，
入夜听风琐语于花间。
你问我的灵魂安息于何处？
——看那袅绕地，袅绕地升上去的炊烟。

渴饮露，饥餐英；
鹿守我的梦，鸟祝我的醒。
你问我可有人间世的罣虑？
——听那消沉下去的百代之过客的跫音。

一九三四年十二月五日

---

①侵晨：天快亮时。

静 夜

像侵晓蔷薇的蓓蕾
含着晶耀的香露，
你盈盈地低泣，低着头，
你在我心头开了烦忧路。

你哭泣嘤嘤地不停，
我心头反复地不宁；
这烦忧是从何处生，
使你堕泪，又使我伤心？

停了泪儿啊，请莫悲伤，
且把那原因细讲，
在这幽夜沉寂又微凉，
人静了，这正是时光。

山　行

见了你朝霞的颜色，
便感到我落月的沉哀，
却是晓天的云片，
烦怨飘上我心来。

可是不听你啼鸟的娇音，
我就要像流水地呜咽，
却是凝露的山花，
我不禁地泪珠盈睫。

我们彳亍[1]在微茫的山径，
让梦香吹上了征衣，
和那朝霞，和那啼鸟，
和你不尽的缠绵意。

---

[1] 彳亍：慢步走，走走停停。

烦　忧

说是寂寞的秋的惆郁，
说是辽远的海的怀念。
假如有人问我的烦忧原故，
我不敢说出你的名字。

我不敢说出你的名字，
假如有人问我的烦忧原故。
说是辽远的海的怀念，
说是寂寞的秋的惆郁。

我的素描

辽远的国土的怀念者，
我，我是寂寞的生物。

假如把我自己描画出来，
那是一幅单纯的静物写生。

我是青春和衰老的集合体，
我有健康的身体和病的心。

在朋友间我有爽直的声名，
在恋爱上我是一个低能儿。

因为当一个少女开始爱我的时候，
我先就要栗然地惶恐。

我怕着温存的眼睛，
像怕初春青空的朝阳。

我是高大的，我有光辉的眼；
我用爽朗的声音恣意谈笑。

但在悒郁的时候，我是沉默的，
悒郁着，用我二十四岁的整个的心。

百 合 子

百合子是怀乡病的可怜的患者，
因为她的家是在灿烂的樱花丛里的；
我们徒然有百尺的高楼和沉迷的香夜，
但温煦的阳光和朴素的木屋总常在她缅想中。

她度着寂寂的悠长的生涯，
她盈盈的眼睛茫然地望着远处；
人们说她冷漠的是错了，
因为她沉思的眼里是有着火焰。

她将使我为她而憔悴吗？
或许是的，但是谁能知道？
有时她向我微笑着，
而这忧郁的微笑使我也坠入怀乡病里。

她是冷漠的吗？不。
因为我们的眼睛是秘密地交谈着；
而她是醉一样地合上了她的眼睛，
如果我轻轻地吻着她花一样的嘴唇。

八　重　子

八重子是永远地忧郁着的，
我怕她会郁瘦了她的青春。
是的，我为她的健康罣虑着，
尤其是为她的沉思的眸子。

发的香味是簪着辽远的恋情，
辽远到要使人流泪；
但是要使她欢喜，我只能微笑，
只能像幸福者一样地微笑。

因为我要使她忘记她的孤寂，
忘记萦系着她的渺茫的乡思，
我要使她忘记她在走着
无尽的、寂寞的、凄凉的路。

而且在她的唇上，我要为她祝福，
为我的永远忧郁着的八重子，
我愿她永远有着意中人的脸，
春花的脸，和初恋的心。

单 恋 者

我觉得我是在单恋着，
但是我不知道是恋着谁：
是一个在迷茫的烟水中的国土吗，
是一支在静默中零落的花吗，
是一位我记不起的陌路丽人吗？
我不知道。
我知道的是我的胸膛胀着，
而我的心悸动着，像在初恋中。

在烦倦的时候，
我常是暗黑的街头的踯躅者，
我走遍了嚣嚷的酒场，
我不想回去，好像在寻找什么。
飘来一丝媚眼或是塞满一耳腻语，
那是常有的事。

但是我会低声说：

"不是你！"然后踉跄地又走向他处。

人们称我为"夜行者"，

尽便吧，这在我是一样的；

真的，我是一个寂寞的夜行人。

而且又是一个可怜的单恋者。

老之将至

我怕自己将慢慢地慢慢地老去，
随着那迟迟寂寂的时间，
而那每一个迟迟寂寂的时间，
是将重重地载着无量的怅惜的。

而在我坚而冷的圈椅中，在日暮，
我将看见，在我昏花的眼前
飘过那些模糊的暗淡的影子；
一片娇柔的微笑，一只纤纤的手，
几双燃着火焰的眼睛，
或是几点耀着珠光的眼泪。

是的，我将记不清楚了：
在我耳边低声软语着
"在最适当的地方放你的嘴唇"的，
是那樱花一般的樱子吗？
那是茹丽苔吗，飘着懒倦的眼
望着他已卸了的锦缎的鞋子……
这些，我将都记不清楚了，
因为我老了。

我说，我是担忧着怕老去，
怕这些记忆凋残了，
一片一片地，像花一样；
只留着垂枯的枝条，孤独地。

秋天的梦

辽远的牧女的羊铃，
摇落了轻的树叶。

秋天的梦是轻的，
那是窈窕的牧女之恋。

于是我的梦是静静地来了，
但却载着沉重的昔日。

唔，现在，我是有一些寒冷，
一些寒冷，和一些忧郁。

前 夜

一夜的纪念，呈呐鸥兄

在斯登步尔启碇的前夜，
托密的衣袖变作了手帕，
她把眼泪和着唇脂拭在上面，
要为他壮行色，更加一点粉香。

明天会有太淡的烟和太淡的酒，
和磨不损的太坚固的时间，
而现在，她知道应该有怎样的忍耐：
托密已经醉了，而且疲倦得可怜。

这有橙花香味的南方的少年，
他不知道明天只能看见天和海——
或许在"家，甜蜜的家"里他会康健些，
但是他的温柔的亲戚却要更瘦，更瘦。

我的恋人

我将对你说我的恋人，
我的恋人是一个羞涩的人，
她是羞涩的，有着桃色的脸，
桃色的嘴唇，和一颗天青色的心。

她有黑色的大眼睛，
那不敢凝看我的黑色的大眼睛——
不是不敢，那是因为她是羞涩的；
而当我依在她胸头的时候，
你可以说她的眼睛是变换了颜色，
天青的颜色，她的心的颜色。

她有纤纤的手，
它会在我烦忧的时候安抚我，
她有清朗而爱娇的声音，
那是只向我说着温柔的，
温柔到销熔了我的心的话的。

她是一个静娴的少女，
她知道如何爱一个爱她的人，
但是我永远不能对你说她的名字，
因为她是一个羞涩的恋人。

村　姑

村里的姑娘静静地走着，
提着她的蚀着青苔的水桶；
溅出来的冷水滴在她的跣足上，
而她的心是在泉边的柳树下。

这姑娘会静静地走到她的旧屋去，
那在一棵百年的冬青树荫下的旧屋，
而当她想到在泉边吻她的少年，
她会微笑着，抿起了她的嘴唇。

她将走到那古旧的木屋边，
她将在那里惊散了一群正在啄食的瓦雀；
她将静静地走到厨房里，
又静静地将木桶放在干刍边。

她将帮助她的母亲造饭；
而从田间回来的父亲将坐在门槛上抽烟，
她将给猪圈里的猪喂食，
又将可爱的鸡赶进它们的窠里去。

在暮色中吃晚饭的时候，
她的父亲会谈着今年的收成，
或许他会说到他的女儿的婚嫁，
而她便将羞怯地低下头去。

她的母亲或许会说她的懒惰，
（她打水的迟延就是一个好例子）
但是她会不听到这些话，
因为她在想着那有点鲁莽的少年。

三 顶 礼

引起寂寂的旅愁的，
翻着软浪的暗暗的海，
我的恋人的发，
受我怀念的顶礼。

恋之色的夜合花，
佻佻①的夜合花，
我的恋人的眼，
受我沉醉的顶礼。

给我苦痛的螫的，
苦痛的但是快乐的螫的，
你小小的红翅的蜜蜂，
我的恋人的唇，
受我怨恨的顶礼。

①佻佻：轻薄。

二　月

春天已在野菊的头上逡巡着了，
春天已在斑鸠的羽上逡巡着了，
春天已在青溪的藻上逡巡着了，
绿荫的林遂成为恋的众香国。

于是原野将听倦了谎话的交换，
而不载重的无邪的小草
将醉着温软的皓体的甜香；

于是，在暮色冥冥里
我将听了最后一个游女的惋叹，
拈着一枝蒲公英缓缓地归去。

小 病

从竹帘里漏进来的泥土的香，
在浅春的风里它几乎凝住了；
小病的人嘴里感到了莴苣的脆嫩，
于是遂有了家乡小园的神往。

小园里阳光是常在芸苔的花上吧，
细风是常在细腰蜂的翅上吧，
病人吃的莱菔的叶子许被虫蛀了，
而雨后的韭菜却许已有甜味的嫩芽了。

现在，我是害怕那使我脱发的饕餮了，
就是那滑腻的海鳗般美味的小食也得斋戒，
因为小病的身子在浅春的风里是软弱的，
况且我又神往于家园阳光下的莴苣。

款　步（一）

这里是爱我们的苍翠的松树，
它曾经遮过你的羞涩和我的胆怯，
我们的这个同谋者是有一个好记性的，
现在，它还向我们说着旧话，但并不揶揄。

还有那多嘴的深草间的小溪，
我不知道它今天为什么缄默：
我不看见它，或许它已换一条路走了，
饶舌着，施施然绕着小村而去了。

这边是来做夏天的客人的闲花野草，
它们是穿着新装，像在婚筵里，
而且在微风里对我们作有礼貌的礼敬，
好像我们就是新婚夫妇。

我的小恋人，今天我不对你说草木的恋爱，
却让我们的眼睛静静地说我们自己的，
而且我要用我的舌头封住你的小嘴唇了，
如果你再说：我已闻到你的愿望的气味。

款　步（二）

答应我绕过这些木栅，
去坐在江边的游椅上。
啮着沙岸的永远的波浪，
总会从你投出着的素足
撼动你抿紧的嘴唇的。
而这里，鲜红并寂静得
与你的嘴唇一样的枫林间，
虽然残秋的风还未来到，
但我已经从你的缄默里，
觉出了它的寒冷。

过　时

说我是一个在怅惜着，
怅惜着好往日的少年吧，
我唱着我的崭新的小曲，
而你却揶揄：多么"过时！"

是呀，过时了，我的"单恋女"
都已经变作少妇或是母亲，
而我，我还可怜地年轻——
年轻？不吧，有点靠不住。

是呀，年轻时有点靠不住，
说我是有一点老了吧！
你只看我戴帽子的姿态
它会告诉你一切；而我的眼睛亦然。

老实说，我是一个年轻了的老人了：
对于秋草秋风是太年轻了，
而对于春月春花却又太老。

有　赠

谁曾为我束起许多花枝，
灿烂过又憔悴了的花枝，
谁曾为我穿起许多眼泪，
又倾落到梦里去的眼泪？

我认识你充满了怨恨的眼睛，
我知道你愿意缄在幽暗中的话语，
你引我到了一个梦中，
我却又在另一个梦中忘了你。

我的梦和我的遗忘中的人，
哦，受过我暗自祝福的人，
终日有意地灌溉着蔷薇，
我却无心让寂寞的兰花愁谢。

游 子 谣

海上微风起来的时候，
暗水上开遍青色的蔷薇。
——游子的家园呢？

篱门是蜘蛛的家，
土墙是薜荔的家，
枝繁叶茂的果树是鸟雀的家。

游子却连乡愁也没有，
他沉浮在鲸鱼海蟒间：
让家园寂寞的花自开自落吧。

因为海上有青色的蔷薇，
游子要萦系他冷落的家园吗？
还有比蔷薇更清丽的旅伴呢。

清丽的小旅伴是更甜蜜的家园，
游子的乡愁在那里徘徊踯躅。
唔，永远沉浮在鲸鱼、海蟒间吧。

秋　蝇

木叶的红色，
木叶的黄色，
木叶的土灰色：
窗外的下午！

用一双无数的眼睛，
衰弱的苍蝇望得昏眩。
这样窒息的下午啊！
它无奈地搔着头搔着肚子。

木叶，木叶，木叶，
无边木叶萧萧下。

玻璃窗是寒冷的冰片了，
太阳只有苍茫的色泽。
巡回地散一次步吧！
它觉得它的脚软。

红色，黄色，土灰色，
昏眩的万花筒的图案啊！

迢遥的声音，古旧的，
大伽蓝的钟磬？天末的风？
苍蝇有点僵木，
这样沉重的翼翅啊！

飘下地，飘上天的木叶旋转着，
红色，黄色，土灰色的错杂的回轮。

无数的眼睛渐渐模糊，昏黑，
什么东西压到轻绡的翅上，
身子像木叶一般地轻，
载在巨鸟的翎翮上吗？

夜 行 者

这里他来了：夜行者！
冷清清的街道有沉着的跫音，
从黑茫茫的雾，
到黑茫茫的雾。

夜的最熟稔的朋友，
他知道它的一切琐碎，
那么熟稔，在它的熏陶中，
他染了它一切最古怪的脾气。

夜行者是最古怪的人。
你看他走在黑夜里：
戴着黑色的毡帽，
迈着夜一样静的步子。

微　辞

园子里蝶褪了粉，蜂褪了黄，
则木叶下的安息是允许的吧，
然而好弄玩的女孩子是不肯休止的，
"你瞧我的眼睛，"她说，"它们恨你！"

女孩子有恨人的眼睛，我知道，
她还有不洁的指爪，
但是一点恬静和一点懒是需要的，
只瞧那新叶下静静的蜂蝶。

魔道者使用曼陀罗根或是枸杞，
而人却像花一般地顺从时序，
夜来香娇妍地开了一个整夜，
朝来送入温室一时能重鲜吗？

园子都已恬静，
蜂蝶睡在新叶下，
迟迟的永昼中
无厌的女孩子也该休止。

妾薄命

一枝，两枝，三枝，
床巾上的图案花
为什么不结果子啊！
过去了：春天，夏天，秋天。

明天梦已凝成了冰柱；
还会有温煦的太阳吗？
纵然有温煦的太阳，跟着檐溜，
去寻坠梦的玎珴吧！

寻 梦 者

梦会开出花来的，
梦会开出娇妍的花来的：
去求无价的珍宝吧。

在青色的大海里，
在青色的大海的底里，
深藏着金色的贝一枚。

你去攀九年的冰山吧，
你去航九年的旱海吧，
然后你逢到那金色的贝。

它有天上的云雨声，
它有海上的风涛声，
它会使你的心沉醉。

把它在海水里养九年，
把它在天水里养九年，
然后，它在一个暗夜里开绽了。

当你鬓发斑斑了的时候，
当你眼睛朦胧了的时候，
金色的贝吐出桃色的珠。

把桃色的珠放在你怀里，
把桃色的珠放在你枕边，
于是一个梦静静地升上来了。

你的梦开出花来了，
你的梦开出娇妍的花来了，
在你已衰老了的时候。

秋 夜 思

谁家动刀尺？
心也需要秋衣。

听鲛人的召唤，
听木叶的呼息！
风从每一条脉络进来，
窃听心的枯裂之音。

诗人云：心即是琴。
谁听过那古旧的阳春白雪？
为真知的死者的慰藉，
有人已将它悬在树梢，
为天籁之凭托——
但曾一度谛听的飘逝之音。

而断裂的吴丝蜀桐，
仅使人从弦柱间思忆华年。

赠 克 木

我不懂别人为什么给那些星辰
取一些它们不需要的名称，
它们闲游在太空，无牵无挂，
不了解我们，也不求闻达。

记着天狼，海王，大熊……这一大堆，
还有它们的成分，它们的方位，
你绞干了脑汁，涨破了头，
弄了一辈子，还是个未知的宇宙。

星来星去，宇宙运行，
春秋代序，人死人生，
太阳无量数，太空无限大，
我们只是倏忽渺小的夏虫井蛙。

不痴不聋，不做阿家翁，
为人之大道全在懵懂，
最好不求甚解，单是望望，
看天，看星，看月，看太阳。

也看山，看水，看云，看风，
看春夏秋冬之不同，
还看人世的痴愚，人世的恍惚：
静默地看着，乐在其中。

乐在其中，乐在空与时以外，
我和欢乐都超越过一切的境界，
自己成一个宇宙，有它的日月星，
来供你钻究，让你皓首穷经。

或是我将变一颗奇异的彗星，
在太空中欲止即止，欲行即行，
让人算不出轨迹，瞧不透道理，
然后把太阳敲成碎火，把地球撞成泥。

一九三六年五月十八日

眼

在你的眼睛的微光下，
迢遥的潮汐升涨：
玉的珠贝，
青铜的海藻……
千万尾飞鱼的翅，
剪碎分而复合的
顽强的渊深的水。

无渚崖的水，
暗青色的水！
在什么经纬度上的海中，
我投身又沉溺在
以太阳之灵照射的诸太阳间，
以月亮之灵映光的诸月亮间，
以星辰之灵闪烁的诸星辰间？
于是我是彗星，
有我的手，
有我的眼，
并尤其有我的心。

我晞曝于你的眼睛的
苍茫朦胧的微光中，
并在你上面，
在你的太空的镜子中
鉴照我自己的
透明而畏寒的
火的影子，
死去或冰冻的火的影子。

我伸长，我转着，
我永恒地转着，
在你的永恒的周围
并在你之中……

我是从天上奔流到海，
从海奔流到天上的江河，
我是你每一条动脉，
每一条静脉，
每一个微血管中的血液，
我是你的睫毛
（它们也同样在你的
眼睛的镜子里顾影）
是的，你的睫毛，你的睫毛，
而我是你，
因而我是我。

一九三六年十月十九日

寂　寞

园中野卉渐离离，
托根于我旧时的脚印，
给他们披青春的彩衣：
星下的盘桓从兹消隐。

日子过去，寂寞永存，
寄魂于离离的野草，
像那些可怜的灵魂，
长得如我一般高。

我今不复到园中去，
寂寞已如我一般高：
我夜坐听风，昼眠听雨，
悟得月如何缺，天如何老。

一九三七年二月十二日

我　思　想

我思想，故我是蝴蝶……
万年后小花的轻呼，
透过无梦无醒的云雾，
来震撼我斑斓的彩翼。

一九三七年三月十四日

白 蝴 蝶

给什么智慧给我，
小小的白蝴蝶，
翻开了空白之页，
合上了空白之页？

翻开的书页：
寂寞；
合上的书页：
寂寞。

一九四〇年五月三日

致 萤 火

萤火，萤火，
你来照我。

照我，照这沾露的草，
照这泥土，照到你老。

我躺在这里，让一颗芽
穿过我的躯体，我的心，
长成树，开花；

让一片青色的藓苔，
那么轻，那么轻
把我全身遮盖；

像一双小手纤纤，
当往日我在昼眠，
把一条薄被
在我身上轻披。

我躺在这里
咀嚼着太阳的香味；
在什么别的天地，
云雀在青空中高飞。

萤火，萤火
给一缕细细的光线——
够担得起记忆，
够把沉哀来吞咽！

一九四一年六月二十六日

狱中题壁

如果我死在这里，
朋友啊，不要悲伤，
我会永远地生存
在你们的心上。

你们之中的一个死了，
在日本占领地的牢里，
他怀着的深深仇恨，
你们应该永远地记忆。

当你们回来，从泥土
掘起他伤损的肢体，
用你们胜利的欢呼
把他的灵魂高高扬起。

然后把他的白骨放在山峰，
曝着太阳，沐着飘风：
在那暗黑潮湿的土牢，
这曾是他唯一的美梦。

一九四二年四月二十七日

我用残损的手掌

我用残损的手掌

摸索这广大的土地：

这一角已变成灰烬，

那一角只是血和泥；

这一片湖该是我的家乡，

（春天，堤上繁花如锦障，

嫩柳枝折断有奇异的芬芳，）

我触到荇藻和水的微凉；

这长白山的雪峰冷到彻骨，

这黄河的水夹泥沙在指间滑出；

江南的水田，你当年新生的禾草

是那么细，那么软……现在只有蓬蒿；

岭南的荔枝花寂寞地憔悴，

尽那边，我蘸着南海没有渔船的苦水……

无形的手掌掠过无限的江山，
手指沾了血和灰，手掌粘了阴暗，
只有那辽远的一角依然完整，
温暖，明朗，坚固而蓬勃生春。
在那上面，我用残损的手掌轻抚，
像恋人的柔发，婴孩手中乳。
我把全部的力量运在手掌
贴在上面，寄予爱和一切希望，
因为只有那里是太阳，是春，
将驱逐阴暗，带来苏生，
因为只有那里我们不像牲口一样活，
蝼蚁一样死……那里，永恒的中国！

一九四二年七月三日

等　　待（一）

我等待了两年，
你们还是这样遥远啊！
我等待了两年，
我的眼睛已经望倦啊！

说六个月可以回来啦，
我却等待了两年啊，
我已经这样衰败啦，
谁知道还能够活几天啊。

我守望着你们的脚步，
在熟稔的贫困和死亡间，
当你们再来，带着幸福，
会在泥土中看见我张大的眼。

一九四三年十二月三十一日

等　待（二）

你们走了，留下我在这里等，
看血污的铺石上徘徊着鬼影，
饥饿的眼睛凝望着铁栅，
勇敢的胸膛迎着白刃：
耻辱粘着每一颗赤心，
在那里，炽烈地燃烧着悲愤。

把我遗忘在这里，让我见见，
屈辱的极度，沉痛的界限，
做个证人，做你们的耳，你们的眼，
尤其做你们的心，受苦难，磨练，
仿佛是大地的一块，让铁蹄蹂践，
仿佛是你们的一滴血，遗在你们后面。

没有眼泪没有语言的等待：
生和死那么紧地相贴相挨，
而在两者间，颀长的岁月在那里挤，
结伴儿走路，好像难兄难弟。

冢地只两步远近，我知道
安然占六尺黄土，盖六尺青草；
可是这儿也没有什么大不同，
在这阴湿、窒息的窄笼：
做白虱的巢穴，做汏脚缸，
让脚气慢慢延伸到小腹上，
做柔道的呆对手，剑术的靶子，
从口鼻一齐喝水，然后给踩肚子，
膝头压在尖钉上，砖头垫在脚踵上，
听鞭子在皮骨上舞，做飞机在梁上荡……

多少人从此就没有回来，
然而活着的却耐心地等待。

让我在这里等待，
耐心地等你们回来：
做你们的耳目，我曾经生活，
做你们的心，我永远不屈服。

一九四四年一月十八日

过 旧 居

这样迟迟的日影，
这样温暖的寂静，
这片午炊的香味，
对我是多么熟稔。

这带露台，这扇窗，
后面有幸福在窥望，
还有几架书，两张床，
一瓶花……这已是天堂。

我没有忘记：这是家，
妻如玉，女儿如花，
清晨的呼唤和灯下的闲话，
想一想，会叫人发傻；

单听他们亲昵地叫，
就够人整天地骄傲，
出门时挺起胸，伸直腰，
工作时也抬头微笑。

现在……可不是我回家的午餐？
桌上一定摆上了盘和碗，
亲手调的羹，亲手煮的饭，
想起了就会嘴馋。

这条路我曾经走了多少回！
多少回？……过去都压缩成一堆，
叫人不能分辨，日子是那么相类，
同样幸福的日子，这些孪生姊妹！

我可糊涂啦，是不是今天
出门时我忘记说"再见"？
还是这事情发生在许多年前，
其中间隔着许多变迁？

可是这带露台，这扇窗，
那里却这样静，没有声响，
没有可爱的影子，娇小的叫嚷，
只是寂寞，寂寞，伴着阳光。

而我的脚步为什么又这样累？
是否我肩上压着苦难的岁月，
压着沉哀，透渗到骨髓，
使我眼睛朦胧，心头消失了光辉？

为什么辛酸的感觉这样新鲜？
好像伤没有收口，苦味在舌间。
是一个归途的游想把我欺骗，
还是灾难的日月真横亘其间？

我不明白，是否一切都没改动，
却是我自己做了白日梦，
而一切都在那里，原封不动：
欢笑没有冰凝，幸福没有尘封？

或是那些真实的岁月，年代，
走得太快一点，赶上了现在，
回过头来瞧瞧，匆忙又退回来，
再陪我走几步，给我瞬间的欢快？

……………

有人开了窗，
有人开了门，
走到露台上——
一个陌生人。

生活，生活，漫漫无尽的苦路！
咽泪吞声，听自己疲倦的脚步：
遮断了魂梦的不仅是海和天，云和树，
无名的过客在往昔作了瞬间的踌躇。

一九四四年三月十日

示 长 女

记得那些幸福的日子！
女儿，记在你幼小的心灵：
你童年点缀着海鸟的彩翎，
贝壳的珠色，潮汐的清音，
山岚的苍翠，繁花的绣锦，
和爱你的父母的温存。

我们曾有一个安乐的家，
环绕着淙淙的泉水声，
冬天曝着太阳，夏天笼着清荫，
白天有朋友，晚上有恬静，
岁月在窗外流，不来打搅，
屋里终年长驻的欢欣，
如果人家窥见我们在灯下谈笑，
就会觉得单为了这也值得过一生。

我们曾有一个临海的园子，
它给我们滋养的番茄和金笋，
你爸爸读倦了书去垦地，
你妈妈在太阳阴里缝纫，
你呢，你在草地上追彩蝶，
然后在温柔的怀里寻温柔的梦境。

人人说我们最快活，
也许因为我们生活过得蠢，
也许因为你妈妈温柔又美丽，
也许因为你爸爸诗句最清新。

可是，女儿，这幸福是短暂的，
一刹时都被云锁烟埋；
你记得我们的小园临大海，
从那里你一去就不再回来，
从此我对着那迢遥的天涯，
松树下常常徘徊到暮霭。

那些绚烂的日子，像彩蝶，
现在枉费你摸索追寻，
我仿佛看见你从这间房
到那间，用小手挥逐阴影，
然后，缅想着天外的父亲，
把疲倦的头搁在小小的绣枕。

可是，记得那些幸福的日子，
女儿，记在你幼小的心灵，
你爸爸仍旧会来，像往日，
守护你的梦，守护你的醒。

一九四四年六月二十七日

少 年 行

是簪花的老人呢，
灰暗的篱笆披着茑萝；

旧曲在颤动的枝叶间死了，
新蜕的蝉用单调的生命赓续。

结客寻欢都成了后悔，
还要学少年的行蹊吗？

平静的天，平静的阳光下，
烂熟的果子平静地落下来了。

旅　　思

故乡芦花开的时候，
旅人的鞋跟染着征泥，
粘住了鞋跟，粘住了心的征泥，
几时经可爱的手拂拭？

栈石星饭的岁月，
骤山骤水的行程：
只有寂静中的促织声，
给旅人尝一点家乡的风味。

不　寐

在沉静的音波中，
每个爱娇的影子
在眩晕的脑里
作瞬间的散步；

只是短促的瞬间，
然后列成桃色的队伍，
月移花影地淡然消溶：
飞机上的阅兵式。

掌心抵着炎热的前额，
腕上有急促的温息；
是那一宵的觉醒啊？
这种透过皮肤的温息。

让沉静的最高的音波
来震破脆弱的耳膜吧。
窒息的白色的帐子，墙……
什么地方去喘一口气呢？

深闭的园子

五月的园子
已花繁叶满了，
浓荫里却静无鸟喧。

小径已铺满苔藓，
而篱门的锁也锈了——
主人却在迢遥的太阳下。

在迢遥的太阳下，
也有璀璨的园林吗？

陌生人在篱边探首，
空想着天外的主人。

灯

士为知己者用，
故承恩的灯
遂做了恋的同谋人：
作憧憬之雾的
青色的灯，
作色情之屏的
桃色的灯。

因为我们知道爱灯，
如仁者乐山，智者乐水，
为供它的法眼的鉴赏
我们展开秘藏的风俗画：
灯却不笑人的疯魔。

在灯的友爱的光里，
人走进了美容院；
千手千眼的技师，
替人匀着最宜雅的脂粉，
于是我们便目不暇给。

太阳只发着学究的教训，
而灯光却作着亲切的密语。
至于交头接耳的暗黑，
就是饕餮者的施主了。

在天晴了的时候

在天晴了的时候，
该到小径中去走走：
给雨润过的泥路，
一定是凉爽又温柔；
炫耀着新绿的小草，
已一下子洗净了尘垢；
不再胆怯的小白菊，
慢慢地抬起它们的头，
试试寒，试试暖，
然后一瓣瓣地绽透；
抖去水珠的凤蝶儿
在木叶间自在闲游，
把它的饰彩的智慧书页
曝着阳光一开一收。

到小径中去走走吧，
在天晴了的时候：
赤着脚，携着手，
踏着新泥，涉过溪流。

新阳推开了阴霾了，
溪水在温风中晕皱，
看山间移动的暗绿——
云的脚迹——它也在闲游。

一九四四年六月二日

赠　　内

空白的诗帖，
幸福的年岁；
因为我苦涩的诗节
只为灾难树里程碑。

即使清丽的词华
也会消失它的光鲜，
恰如你鬓边憔悴的花
映着明媚的朱颜。

不知寂寂地过一生，
受着你光彩的熏沐，
一旦为后人说起时，
但叫人说往昔某人最幸福。

一九四四年六月九日

萧红墓畔口占

走六小时寂寞的长途，
到你头边放一束红山茶，
我等待着，长夜漫漫，
你却卧听着海涛闲话。

一九四四年十一月二十日

偶　成

如果生命的春天重到，
古旧的凝冰都哗哗地解冻，
那时我会再看见灿烂的微笑，
再听见明朗的呼唤——这些迢遥的梦。

这些好东西都决不会消失，
因为一切好东西都永远存在，
它们只是像冰一样凝结，
而有一天会像花一样重开。

一九四五年五月三十一日

我们的小母亲

机械将完全地改变了，在未来的日子——
不是那可怖的汗和血的榨床，
不是驱向贫和死的恶魔的大车。
它将成为可爱的，温柔的，
而且仁慈的，我们的小母亲，
一个爱着自己的多数的孩子的，
用有力的，热爱的手臂，
紧抱着我们，抚爱着我们的
我们这一类人的小母亲。

是啊，我们将没有了恐慌，没有了憎恨，
我们将热烈地爱它，用我们多数的心。
我们不会觉得它是一个静默的铁的神秘。
在我们，它是有一颗充着慈爱的血的心的，
一个人间的孩子们的母亲。

于是，我们将劳动着，相爱着，
在我们的小母亲的怀里；
在我们的小母亲的怀里，
我们将互相了解，
更深切地互相了解……
而我们将骄傲地自庆着，
是啊，骄傲地，有一个
完全为我们的幸福操作着
慈爱地抚育着我们的小母亲，
我们的有力的铁的小母亲！

无　题①

我和世界之间是墙

墙和我之间是灯

灯和我之间是书

书和我之间是——隔膜！

---

①这首诗是 1947 年春天，戴望舒在上海时，在"香雪园"茶室应数位文艺青年的邀请，即席吟赋的。由于是即兴创作，所以没有题目。题目是编者加上去的。

生产的山（寓言诗）

话说有一座山，

大声嚷着要生产；

听到这样的声音，

大家都赶来看个分明，

以为它要像圣玛丽一样，

没有父亲，把耶稣生养，

将要生产一个巨镇大城，

像成都、昆明或是重庆；

谁知道嚷了半天，

哎呀，我的天！

山崩地裂鬼神诉，

它却养出了一只吃米的老鼠！

寓言曰：

这个故事虽可笑，

却包括教训两道：

第一：要生产不要说大话；

第二：不要养吃米的耗子害人家！

狼和羔羊（寓言诗）

一只小羔羊，

饮水清溪旁。

忽然有一头饿狼，

觅食来到这地方。

他看见羔羊容易欺，

就板起脸儿发脾气：

"你好胆大妄为，

搅浑了我的饮水！

我一定得责罚你，

不容你作歹为非！"

羔羊回答道："陛下容禀：

请陛下暂息雷霆，

小臣是在下流饮水，

陛下在上流，水怎样会弄秽？

陛下贤明聪慧，

一定明白小臣没有弄浑溪水。"

饥狼闻说道："别嘴强，

我说你弄浑就弄浑。

你这东西实在可恶，

去年你还骂过我。"

"去年我怎样会对陛下有不敬之辞？

那时我还没有出世，
我是今年三月才出胎，
现在还是在吃奶。"
"不是你，一定是你的哥哥。"
"我没有弟兄。"
"真可恶，
不要嘴强，我不管你，
不是你哥哥，一定是你的亲戚。
你们这些家伙全不是好东西，
还有看羊人和狗，全合在一起，
整天跟我为难，从来不放手，
别人对我说，一定得报仇。"
说时迟，那时快，
狼心起，把人害，
一跳过去把羊擒，
咬住就向树林行，
也不再三问五审，
把羔羊送给五脏神。

寓言曰：一朝权在手，黑白原不分，
何患无辞说，加以大罪名。
不管你分辨声明，
请戴红帽子一顶。
让你遭殃失意，
我且饱了肚皮。

译 作

泪珠飘落萦心曲，
迷茫如雨蒙华屋；
何事又离愁，
凝思悠复悠。

霏霏窗外雨；
滴滴淋街宇；
似为我忧心，
低吟凄楚声。

——《泪珠飘落萦心曲》

　　戴望舒是一位著名诗人，同时也是一位成就斐然的翻译家。翻译了大批外国近代著名诗人的代表性诗篇，尤其是翻译了数量众多的法文诗，水准极高，对于国人了解法国诗歌文学发挥了重要作用。

戴望舒从20世纪30年代起，就开始翻译法文诗歌，仅收录于《戴望舒译诗集》当中的，就包含了雨果、魏尔伦、果尔蒙、保尔·福尔、耶麦、比也尔·核佛尔第、苏佩维艾尔、瓦雷里、阿波里奈尔、艾吕亚、波特莱尔等多位诗人的75首诗作。此外，还翻译了很多西班牙、英国等国的诗歌。

对于诗歌翻译，戴望舒认为"诗不能译"，但后来的长期实践改变了其看法。他在1944年写作的《诗论零札》中提到："说'诗不能翻译'是一个通常的错误，只有坏诗一经翻译才失去一切。因为实际它并没有'诗'包涵在内，而只是字眼和声音的炫弄，只是渣滓。真正的诗在任何语言的翻译里都永远保持它的价值。而这价值，不但是地域，就是时间也不能损坏的。翻译可以说是诗的试金石，诗的滤筹。不用说，我是指并不歪曲原作的翻译。"戴望舒的译诗尤为强调"忠实"，要传神地体现出原诗的诗味、诗性与诗境。

保罗·艾吕雅作品

保罗·艾吕雅（1895—1952），法国著名超现实主义诗人，他对两次大战之间的那几代诗人产生过最深刻、最大的影响。在超现实主义诗人中，他的诗最为明朗流丽，散发出一定的生活气息。他的诗风朴素平易，富有抒情意味，表露出诗人的真情实感。他喜欢追求奇特的比喻与排比的句法，在极力打破诗歌韵律的尝试当中又展现出公正的匠心。他以生活为诗，以诗为生活，终生激情不减，诗作多达千首以上。戴望舒从中选取了《自由》等其富有代表性的诗作，将其翻译出来，展现给读者。

自　由

在我的小学生的练习簿子上
在我们书桌上和树上
在沙上　在雪上
我写了你的名字

在一切读过的书页上
在一切空白的书页上
石头、血、纸或灰上
我写了你的名字

在金色的图像上
在战士的手臂上
在帝王的冠上
我写了你的名字

在林莽上和沙漠上
在鸟巢上和金雀枝上
在我童年的回声上
我写了你的名字

在夜间的奇迹上

在白昼的白面包上
在结亲的季节上
我写了你的名字

在我一切青天的破布上
在发霉的太阳池塘上
在活的月亮湖沿上
我写了你的名字

在田野上 在天涯上
在鸟儿的翼翅上
和在阴影的风磨上
我写了你的名字

在每一阵晨曦上
在海上 在船上
在发狂的大山上
我写了你的名字

在云的苔藓上
在暴风雨的汗上
在又厚又无味的雨上
我写了你的名字

在晶耀的形象上
在颜色的钟上
在物质的真理上
我写了你的名字

在觉醒的小径上
在展开的大路上
在满溢的广场上
我写了你的名字

在燃着的灯上
在熄灭的灯上
在我的集合的房屋上
我写了你的名字

在我的镜子和我的卧房的
一剖为二的果子上
在我的空贝壳床上
我写了你的名字

在我的贪食而温柔的狗上
在它竖起的耳朵上
在它的笨拙的脚上
我写了你的名字

在我的门的跳板上
在熟稔的东西上
在祝福的火的波上
我写了你的名字

在应允的肉体上，
在我的朋友们的前额上
在每只伸出来的手上
我写了你的名字

在出其不意的窗上
在留意的嘴唇上
高高在寂静的上面
我写了你的名字

在我的毁坏了的藏身处上
在我的崩坍的灯塔上
在我的烦闷的墙上
我写了你的名字

在没有愿望的离别上
在赤裸的孤寂上
在死亡的阶坡上
我写了你的名字

在恢复了的健康上
在消失了的冒险上
在没有记忆的希望上
我写了你的名字

于是由于一个字的力量
我重新开始我的生活
我是为了认识你
为了唤你的名字而成的
　　　自由

勇　气

巴黎寒冷 巴黎饥饿
巴黎已不再在街上吃栗子
巴黎穿上了我的旧衣服
巴黎在没有空气的地下铁道站里站着睡
还有更多的不幸加到穷人身上去
而不幸的巴黎的
智慧和疯癫
是纯净的空气 是火
是美 是它的饥饿的
劳动者们的仁善
不要呼救啊巴黎
你是过着一种无比的生活
而在你的惨白你的瘦削的赤裸后面
一切人性的东西在你眼底显露出来
巴黎 我的美丽的城
像一枚针一样细 像一把剑一样强
天真而博学
你忍受不住那不正义
对于你这是唯一的无秩序
你将解放你自己巴黎
像一颗星一样战栗的巴黎

我们的残存着的希望

你将从疲倦和污泥中解放你自己

弟兄们我们要有勇气

我们这些没有戴钢盔

没有穿皮靴 没有戴手套 也没有受好教养的人

一道光线在我们的血管中亮起来

我们的光回到我们这里来了

我们之中最好的人已为我们而死了

而现在他们的血又找到了我们的心

而现在重新是一个早晨 一个巴黎的早晨

解放的黎明

新生的春天的空间

傻笨的力量战败了

这些奴隶我们的敌人

如果他们明白了

如果他们有了解的能力

便会站起来的

一 只 狼

白昼使我惊异而黑夜使我恐怖
夏天纠缠着我而冬天追踪着我

一头野兽把他的脚爪放在
雪上沙上或泥泞中
把它的来处比我的步子更远的脚爪
放在一个踪迹上
在那里死亡有生活的印痕

戒 严

有什么办法门是看守住了
有什么办法我们是给关住了
有什么办法路是拦住了
有什么办法城市是屈服了
有什么办法它是饥饿了
有什么办法我们是解除武装了
有什么办法夜是降下了
有什么办法我们是相爱着

公　告

他的死亡之前的一夜
是他一生中的最短的
他还生存着的这观念
使他的血在腕上炙热
他的躯体的重量使他作呕
他的力量使他呻吟
就在这嫌恶的深处
他开始微笑了
他没有"一个"同志
但却有几百万几百万
来替他复仇　他知道
于是阳光为他升了起来

受了饥馑的训练

受了饥馑的训练
孩子老是回答我吃
我来吗我吃
你睡吗我吃

蠢 而 恶

从里面来
从外面来
这是我们的敌人
他们从上面来
他们从下面来
从近处来从远处来
从右面来从左面来
穿着绿色的衣服
穿着灰色的衣服
太短的上衣
太长的大氅
颠倒的十字架
因他们的枪而高
因他们的刀而短
因他们的间谍而骄傲
因他们的刽子手而有力
而且满涨着悲伤
全身武装
武装到地下
因行敬礼而僵直
又因害怕而僵直

在他们的牧人前面
渗湿着啤酒
渗湿着月亮
庄重地唱着
皮靴的歌
他们已忘记
为人所爱的快乐
当他们说是的时候
一切回答他们不
当他们说黄金的时候
一切都是铅做的
可是在他们的阴影下
一切都将是黄金的
一切都会年青起来
让他们走吧让他们死吧
我们只要他们的死亡就够了

我们爱着的人们
他们会脱逃了
我们会关心他们
在一个新的世界的
一个在本位的世界的
光荣的早晨

战时情诗七章

我在这个地方写作，在那里，人们是被围在垃圾、
干渴、沉默和饥饿之中……

阿拉贡：蜡像馆。

一

在你眼睛里有一只船
控制住了风
你的眼睛是那
一霎时重找到的土地

耐心地你的眼睛等待着我们

在森林的树木下面
在雨中在暴风中
在峰巅的雪上
在孩子们的眼睛和游戏间

耐心地你的眼睛等待着我们

他们是一个谷
比单独一茎草更温柔

他们的太阳把重量给予
人类的贫瘠的收获

等着我们为了看见我们
永久地
因为我们带来爱
爱的青春
和爱的理由
爱的智慧
和不朽

二

我们比最大的会战人还多的
眼睛的日子

我们战胜时间的眼睛的
诸城市和诸乡郊

在清凉的谷中燃烧着
液体而坚强的太阳

而在草上张扬着
春天的桃色的肉体

夜晚闭上了它的翼翅
在绝望的巴黎上面
我们的灯支持着夜
像一个俘虏支持着自由

三

温柔而赤裸地流着的泉源
到处开花的夜
那我们在一个微弱疯狂的
战斗之中联合在一起的夜

还有那辱骂我们的夜
其中床深陷着的夜
空洞而没有孤独
一种临死痛苦的未来

四

这是一枝植物
它敲着地的门
这是一个孩子
它敲着它母亲的门

这是雨和太阳
它们和孩子一起生
和植物一起长大
和孩子一起开花

我听到推理和笑

人们计算过
可能给一个孩子受的痛苦
那么多不至于呕吐的耻辱
那么多不至于死亡的眼泪

在暗黑而张开恐怖的大口的
穹窿下的一片脚步声
人们刚拔起了那枝植物
人们刚糟蹋了那孩子

用了贫困和烦闷

五

心的角隅他们客气地说
爱和仇和光荣的角隅
我们回答而我们的眼睛反映着
那作为我们的避难处的真理

我们从来没有开始过
我们一向互相爱着
而因为我们互相爱着
我们愿意把其余的人
从他们冰冷的孤独中解放出来

我们愿意而我说我愿意
我说你愿意而我们愿意
使光无限永照
从辉映着德行的一对对
从装着大胆的甲的一对对
因为他们的眼睛是相对着

而且因为他们在其余的人的生活中
有着他们的目的

六

我们不向你们吹喇叭
为要更清楚给你们看不幸
正如它那样地很大很蠢
而且因为是整个地而更蠢

我们只单独要求死
单独要求泥土拦住我们
但是现在却是羞耻
来把我们活活地围砌住

无限的恶的羞耻
荒谬的刽子手的羞耻
老是那几个老是
那爱着自己的那几个

受刑者的群列的羞耻
焦土话语的羞耻
可是我们并不为我们的受苦而羞耻
可是我们并不为觉得羞耻而羞耻

在逃走的战士们后面
就是一只鸟也不再活
空气中空无呜咽
空无我们的天真

鸣响着憎怅和复仇

七

凭着完善深沉的前额的名义
凭着我所凝看着的眼睛
和今天以及永远
我所吻着的嘴的名义

凭着埋葬了的希望的名义
凭着暗黑中的眼泪的名义
凭着使人大笑的怨语的名义
凭着使人害怕的笑的名义

凭着联住我们的手的温柔的
路上的笑声的名义
凭着在一片美丽的好土地上
遮盖着花的果子的名义

凭着在牢狱中的男子们的名义
凭着受流刑的妇女们的名义
凭着为了没有接受暗影
而殉难和被虐杀了的
我们的一切弟兄们的名义

我们应该渗干愤怒
并且使铁站起来
为的是要保存
那到处受追捕
但却将到处胜利的
天真的人们的崇高的影像

苏佩维艾尔作品

苏佩维艾尔[①]（1884—1960），法国当代诗人，小说家和戏剧家，苏佩维艾尔提倡更具人性，更接近生活的诗歌，反对不假思索与让无意识引领一切的写作手法。他的诗作有着较为浓厚的神秘色彩，但他拒绝为神秘而神秘，只是让神秘成为诗歌的芳香和回味。他认为，诗境，是一种不存在对立面的奇异混合状态：在那里，是与否，过去与未来，绝望与期盼，疯狂与理智，死与生，都融为一体。他被法国人称为"诗歌王子"。

戴望舒翻译的这几首诗是从苏佩维艾尔的多个诗集中摘录出来的精品。

---

①苏佩维艾尔现在通常被译为苏佩维埃尔。

肖　像

母亲，我很不明白人们是如何找寻那些死者的，
我迷途在我的灵魂，它的那些险阻的脸儿，
它的那些荆刺以及它的那些目光之间。
帮助我从那些眩目惊心的嘴唇所憧憬的
我的界域中回来吧，
帮助我寂然不动吧，
那许多动作隔离着我们，许多残暴的猎犬！
让我俯就那你的沉默所形成的泉流，
在你的灵魂所撼动的枝叶的一片反照中。
啊！在你的照片上，
我甚至看不出你的目光是向哪一面飘的。
然而我们，你的肖像和我自己，却走在一起，
那么地不能分开
以致在除了我们便无人经过的
这个隐秘的地方
我们的步伐是类似的，
我们奇妙地攀登山岗和山峦。
而在那些斜坡上像无手的受伤者一样地游戏
一枚大蜡烛每夜流着，溅射到晨曦的脸上——
那每天从死者的沉重的床中间起来的，
半窒息的，
迟迟认不出自己的晨曦。

我的母亲，我严酷地对你说着话，
我严酷地对死者们说着话，因为我们应该
站在滑溜的屋顶上，
两手放在嘴的两边，并用一种发怒的音调
去压制住那想把我们生者和死者隔绝的
震耳欲聋的沉默，而对他们严酷地说话。

我有着你的几件首饰，
好像是从河里流下来的冬日的断片，
在这有做着"不可能"的囚徒的新月
起身不成而一试再试的
溃灭的夜间，
在一只箱子底夜里闪耀着的这手钏便是你的。
这现在那么弱地是你的我，从前却那么强地是你，
而我们两人是那么牢地钉在一起，竟应该同死，
像是在那开始有盲目的鱼
有眩目的地平线的
大西洋的水底里互相妨碍泅水
互相蹴踢的两个半溺死的水手一样。

因为你曾是我，
我可以望着一个园子而不想别的东西，
可以在我的目光间选择一个，
可以去迎迓我自己。
或许现在在我的指甲间，
还留着你的一片指甲，
在我的睫毛间还羼着你的一根睫毛；

如果你的一个心跳混在我的心跳中，
我是会在这一些之间辨认它出来
而我又会记住它的。

可是心灵平稳而十分谨慎地
斜睨着我的
这位我的二十八岁的亡母，
你的心还跳着吗？你已不需要心了，
你离开了我生活着，好像你是你自己的姊妹一样。
你守着什么都弄不旧了的就是那件衫子，
它已很柔和地走进了永恒
而不时变着颜色，但是我是唯一要知道的。

黄铜的蝉，青铜的狮子，粘土的蝮蛇
此地是什么都不生息的！
唯一要在周遭生活的
是我的欺谎的叹息。
这里，在我的手腕上的
是死者们矿质的脉搏
便是人们把躯体移近
墓地的地层时就听到的那种。

生　活

为了把脚践踏在
夜的心坎儿上
我是一个落在
缀星的网中的人。

我不知道世人
所熟稔的安息，
就是我的睡眠
也被天所吞噬了。

我的岁月底袒裸啊，
人们已将你钉上十字架；
森林的鸟儿们
在微温的空气中，冻僵了。

啊！你们从树上坠了下来。

心　脏

赠比拉尔

这做我的寄客的心，
它不知道我的名字，
除了生野的地带，
我的什么它都不知道。
血做的高原，
受禁的山岳，
怎样征服你们呢，
如果不给你们死？
回到你们的源流去的
我的夜的河流，
没有鱼，但却
炙热而柔和的河，
怎样溯你们而上呢？
寥远的海滩之音，
我在你们周围徘徊，
而不能登岸，
哦，我的土地的川流，
你们赶我到大海去，
而我却正就是你们。
而我也就是你们，

我的暴烈的海岸，
我的生命的泡沫。
女子的美丽的脸儿，
被空间所围绕着的躯体，
你们怎样会
从这里到那里，
走进这个我无路可通
而对于我又日甚一日地
充耳不闻而反常的
岛中来的？
怎样会像踏进你家里一样
踏进那里去的？
怎样会懂得
这是取一本书
或关窗户的时候
而伸出手去的？
你们往往来来，
你们悠闲自在
好像你们是独自
在望着一个孩子的眼睛动移。

在肉的穹窿之下，
我的自以为是旁无他人的心
像囚徒一样地骚动着，
想脱出它的樊笼。
如果我有一天能够
不用言语对它说

我在它生命周围形成一个圈子，
那就好了，
如果我能够从我张开的眼睛
使世界的外表
以及一切超过波浪和天宇，
头和眼睛的东西
都降到它里面去，
那就好了！
我难道不能至少
用一枝细细的蜡烛
微微照亮它，
并把那在它里面，
在暗影中永不惊异地
生活着的人儿指给它看吗！

一头灰色的中国牛

一头灰色的中国牛，
躺在它的棚里，
伸长了它的背脊，
而在同一瞬间，
一头乌拉圭牛
转身过去瞧瞧
可有什么人动过。
鸟儿在两者之上，
横亘昼和夜，
无声无息地
飞绕了行星一周，
却永远不碰到它，
又永远不栖止。

房中的晨曦

曦光前来触到一个在睡眠中的头，
它滑到额骨上，
而确信这正是昨天的那个人
那些颜色，照着它们的久长的不做声的习惯，
踏着轻轻的步子，从窗户进来。
白色是从谛木尔来的，触过巴力斯丁，
而现在它在床上弯身而躺下，
而这另一个怅然离开了中国的颜色，
现在是在镜子上，
一靠近它
就把深度给了它。
另一个颜色走到衣橱边去，给它擦了一点黄色，
这一个颜色把安息在床上的
那个人的命运
又渲染上黑色。

于是知道这些的那个灵魂，
这老是在那躺着的躯体旁的不安的母亲：
"不幸并没有加在我们身上，
因为我的人世的躯体
是在半明半暗中呼吸着。

除了不要受苦难

和灵魂受到闭门羹

而无家可归以外，

便没有更大的苦痛了。

有一天我会没有了这个在我身边的大躯体；

我很喜欢推测那在床巾下面的他的形体，

那在他的难行的三角洲中流着的我的朋友的血

以及那只有时

在什么梦下面

稍微动一动

而在这躯体和它的灵魂中

不留一点痕迹的手。

可是他是睡着，我们不要想吧，免得惊醒他，

这并不是很难的

只要注意就够了，

让人们不听见我，像那生长着的枝叶

和青草地上的蔷薇一样。"

等 那 夜

等那夜，那总可以由于它的那种风所吹不到

而世人的不幸却达得到的极高的高度

而辨认出来的夜，

来燃起它的亲切而颤栗的火，

而无声无息地把它的那些渔舟，

它的那些被天穿了孔的船灯，

它的那些缀星的网，放在我们扩大了的灵魂里，

等它靠了无数回光和秘密的动作

在我们的心头找到了它的亲信，

并等它把我们引到它的皮毛的手边，

我们这些受着白昼

以及太阳光的虐待，

而被那比熟人家里的稳稳的床更稳的

粗松而透澈的夜所收拾去了的迷失的孩子们，

这是陪伴我们的喃喃微语着的蔽身之处，

这是有那已经开始偏向一边

开始在我们心头缀着星，

开始找到自己的路的头搁在那里的卧榻。

果尔蒙作品

玄迷·特·果尔蒙①（1858—1915），法国象征派诗人、象征派权威评论家之一。出生于法国诺曼底省的一个贵族家庭，1883年在巴黎国家图书馆工作，1890年与友人勒纳尔等人合办《法兰西信使》杂志。文学作品有诗歌《拙劣的祷词》《西茉纳》《卢森堡一夜》《一颗童贞的心》等。果尔蒙的主要文学成就在于评论方面，如随笔《文学漫步》，论著《有关假面具的书——象征主义者肖像，关于昨天和今天的作家的评论和资料》《法语的美学》《风格问题》等。以文笔清丽隽永著称。

《西茉纳》是果尔蒙的一个小诗集，戴望舒这里翻译的是这一小诗集的全部作品，共十一首。

---

①玄迷·特·果尔蒙现在通常被译为雷米·德·果尔蒙。

发

西茉纳，有个大神秘
在你头发的林里。

你吐着干刍的香味，你吐着野兽
睡过的石头的香味；
你吐着熟皮的香味，你吐着刚簸过的
小麦的香味；
你吐着木材的香味，你吐着早晨送来的
面包的香味；
你吐着沿荒垣
开着的花的香味；
你吐着黑莓的香味，你吐着被雨洗过的
长春藤的香味；
你吐着黄昏间割下的
灯心草和薇蕨的香味，
你吐着冬青的香味，你吐着藓苔的香味，
你吐着在篱阴结了种子的
衰黄的野草的香味；
你吐着荨麻如金雀花的香味，
你吐着苜蓿的香味，你吐着牛乳的香味，
你吐着茴香的香味；

你吐着胡桃的香味，你吐着熟透而采下的
果子的香味；
你吐着花繁叶满时的
柳树和菩提树的香味；
你吐着蜜的香味，你吐着徘徊在牧场中的
生命的香味；
你吐着泥土与河的香味；
你吐着爱的香味，你吐着火的香味。

西莱纳，有个大神秘
在你头发的林里。

山　楂

西茉纳，你的温柔的手有了伤痕，
你哭着，我却要笑这奇遇。

山楂防御它的心和它的肩，
它已将它的皮肤许给了最美好的亲吻。

它已披着它的梦和祈祷的大幕，
因为它和整个大地默契；

它和早晨的太阳默契，
那时惊醒的群蜂正梦着苜蓿和百里香，

和青色的鸟，蜜蜂和飞蝇，
和周身披着天鹅绒的大土蜂，

和甲虫、细腰蜂，金栗色的黄蜂，
和蜻蜓，和蝴蝶，

以及一切有趣的，和在空中
像三色堇一样地舞着又徘徊着的花粉，

它和正午的太阳默契，
和云，和风，和雨，

以及一切过去的，和红如蔷薇，
洁如明镜的薄暮的太阳，

和含笑的月儿以及和露珠，
和天鹅，和织女，和银河；

它有如此皎白的前额而它的灵魂是如此纯洁，
使它在全个自然中钟爱它自身。

冬　青

西茉纳，太阳含笑在冬青树叶上：
四月已回来和我们游戏了。

他将些花篮背在肩上，
他将花枝送给荆棘、栗树、杨柳；

他将长生草留给水，又将石楠花
留给树木，在枝干伸长着的地方；

他将紫罗兰投在幽荫中，在黑莓下，
在那里，他的裸足大胆地将它们藏好又踏下，

他将雏菊和有一个小铃项圈的
樱草花送给了一切的草场；

他让铃兰和白头翁一齐坠在
树林中，沿着幽凉的小径；

他将鸢尾草种在屋顶上
和我们的花园中，西茉纳，那里有好太阳，

他散布鸽子花和三色堇，
风信子和那丁香的好香味。

雾

西茉纳，穿上你的大氅和你黑色的大木靴，
我们将像乘船似地穿过雾中去。

我们将到美的岛上去，那里的女人们
像树木一样地美，像灵魂一样地赤裸；
我们将到那些岛上去，那里的男子们
像狮子一样的柔和，披着长而褐色的头发，
来啊，那没有创造的世界从我们的梦中等着
它的法律，它的欢乐，那些使树开花的神
和使树叶炫烨而幽响的风。
来啊，无邪的世界将从棺中出来了。

西茉纳，穿上你的大氅和你黑色的大木靴，
我们将像乘船似地穿过雾中去。

我们将到那些岛上去，那里有高山，
从山头可以看见原野的平寂的幅员，
和在原野上啮草的幸福的牲口，
像杨柳树一样的牧人，和用禾叉
堆在大车上面的稻束：

阳光还照着。绵羊歇在
牲口房边，在园子的门前，
这园子吐着地榆、莴苣和百里香的香味。

西茉纳，穿上你的大氅和你黑色的大木靴，
我们将像乘船似地穿过雾中去。

我们将到那些岛上去，那里灰色和青色的松树
在西风飘过它们的发间的时候歌唱着。
我们卧在它们的香荫下，将听见
那受着愿望的痛苦而等着
肉体复活之时的幽灵的烦怨声。
来啊，无限在昏迷而欢笑，世界正沉醉着；
梦沉沉地在松下，我们许会听得
爱情的话，神明的话，辽远的话。

西茉纳，穿上你的大氅和你黑色的大木靴。
我们将像乘船似地穿过雾中去。

雪

西茉纳，雪和你的颈一样白，
西茉纳，雪和你的膝一样白。

西茉纳，你的手和雪一样冷，
西茉纳，你的心和雪一样冷。'

雪只受火的一吻而消溶，
你的心只受永别的一吻而消溶。

雪含愁在松树的枝上，
你的前额含愁在你栗色的发下。

西茉纳，你的妹妹雪睡在庭中。
西茉纳，你是我的雪和我的爱。

死　叶

西茉纳，到林中去吧，树叶已飘落了；
它们铺着苍苔、石头和小径。

西茉纳，你爱死叶上的步履声吗？
它们有如此柔美的颜色，如此沉着的调子，

它们在地上是如此脆弱的残片！
西茉纳，你爱死叶上的步履声吗？

它们在黄昏时有如此哀伤的神色，
当风来飘转它们时，它们如此婉转地哀鸣！

西茉纳，你爱死叶上的步履声吗？

当脚步蹂躏着它们时，它们像灵魂一样地啼哭，
它们做出振翼声和妇人衣裳的绰缭声。

西茉纳，你爱死叶上的步履声吗？

来啊：我们一朝将成为可怜的死叶，
来啊：夜已降下，而风已将我们带去了。

西茉纳，你爱死叶上的步履声吗？

河

西茉纳，河唱着一支淳朴的曲子，
来啊，我们将走到灯心草和蓬骨间去；
是正午了：人们抛卜了他们的犁，
而我，我将在明耀的水中看见你的跣足。

河是鱼和花的母亲；
是树、鸟、香、色的母亲；

她给吃了谷又将飞到
一个辽远的地方去的鸟儿喝水，

她给那绿腹的青蝇喝水，
她给像船奴似地划着的水蜘蛛喝水。

河是鱼的母亲：她给它们
小虫、草、空气和臭氧气；

她给它们爱情；她给它们翼翅，
使它们追踪它们的女性的影子到天边。

河是花的母亲，虹的母亲，
一切用水和一些太阳做成的东西的母亲：
她哺养红豆草和青草，和有蜜香的
绣线菊，和毛蕊草。

它是有像鸟的茸毛的叶子的；
她哺养小麦，苜蓿和芦苇；

她哺养苎麻；她哺养亚麻；
她哺养燕麦、大麦和荞麦；

她哺养裸麦、河柳和林檎树；
她哺养垂柳和高大的白杨。

河是树木的母亲：美丽的橡树
曾用它们的脉管在她的河床中吸取清水。

河使大空肥沃：当卜雨时，
那是河，她升到天上，又重降下来；

河是一个很有力又很纯洁的母亲。
河是全个自然的母亲。

西茉纳，河唱着一支淳朴的曲子，
来啊，我们将走到灯心草和蓬骨间去；
是正午了：人们抛下了他们的犁，
而我，我将在明耀的水中看见你的跣足。

果 树 园

西茉纳，带一只柳条的篮子，
到果树园子去吧。
我们将对我们的林檎树说，
在走进果树园的时候：
林檎的时节到了，
到果树园去吧，西茉纳，
到果树园去吧。

林檎树上飞满了黄蜂，
因为林檎都已熟透了
有一阵大的嗡嗡声
在那老林檎树的周围。
林檎树上已结满了林檎，
到果树园去吧，西茉纳。
到果树园去吧。

我们将采红林檎，
黄林檎和青林檎，
更采那肉已烂熟的
酿林檎酒的林檎。

林檎的时节到了，
到果树园去吧，西茉纳，
到果树园去吧。

你将有林檎的香味
在你的衫子上和你的手上，
而你的头发将充满了
秋天的温柔的芬芳。
林檎树上都已结满了林檎，
到果树园去吧，西茉纳，
到果树园去吧。

西茉纳，你将是我的果树园
和我的林檎树；
西茉纳，赶开了黄蜂
从你的心和我的果树园。
林檎的时节到了，
到果树园去吧，西茉纳，
到果树园去吧。

园　子

西莱纳，八月的园子
是芬芳、丰满而温柔的：
它有芜菁和莱菔，
茄子和甜萝卜，
而在那些惨白的生菜间，
还有那病人吃的莴苣，
再远些，那是一片白菜，
我们的园子是丰满而温柔的。

豌豆沿着攀竿爬上去，
那些攀竿正像那些
穿着饰红花的绿衫子的少妇一样。
这里是蚕豆，
这里是从耶路撒冷来的葫芦。
胡葱一时都抽出来了，
又用一顶王冕装饰着自己，
我们的园子是丰满而温柔的。

周身披着花边的天门冬
结熟了它们的珊瑚的种子；
那些链花，虔诚的贞女，
已用它们的棚架做了一个花玻璃大窗，
而那些无思无虑的南瓜
在好太阳中鼓起了它们的颊；
人们闻到百里香和茴香的气味，
我们的园子是丰满和温柔的。

磨 坊

西茉纳，磨坊已很古了，它的轮子
满披着青苔，在一个大洞的深处转着：
　　人们怕着，轮子过去，轮子转着
　　好像在做一个永恒的苦役。

土墙战栗着，人们好像是在汽船上，
在沉沉的夜和茫茫的海之间：
　　人们怕着，轮子过去，轮子转着
　　好像在做一个永恒的苦役。

天黑了，人们听见沉重的磨石在哭泣，
它们是比祖母更柔和更衰老：
　　人们怕着，轮子过去，轮子转着
　　好像在做一个永恒的苦役。

磨石是如此柔和、如此衰老的祖母，
一个孩子就可以拦住，一些水就可以推动：
　　人们怕着，轮子过去，轮子转着
　　好像在做一个永恒的苦役。

它们磨碎了富人和穷人的小麦，
它们亦磨碎裸麦，小麦和山麦；

> 人们怕着，轮子过去，轮子转着
> 好像在做一个永恒的苦役。

它们是和最大的使徒们一样善良，
它们做那赐福于我们又救我们的面色：
> 人们怕着，轮子过去，轮子转着
> 好像在做一个永恒的苦役。

它们养活人们和柔顺的牲口，
那些爱我们的手又为我们而死的牲口，
> 人们怕着，轮子过去，轮子转着
> 好像在做一个永恒的苦役。

它们走去，它们啼哭，它们旋转，它们呼鸣，
自从一直从前起，自从世界的创始起：
> 人们怕着，轮子过去，轮子转着
> 好像在做一个永恒的苦役。

西茉纳，磨坊已很古了：它的轮子，
满披着青苔，在一个大洞的深处转着。

教 堂

西茉纳，我很愿意，夕暮的繁喧
是和孩子们唱着的赞美歌一样柔和。
幽暗的教堂正像一个老旧的邸第，
蔷薇有爱情和篆烟的沉着的香味。

我很愿意，我们将缓缓地静静地走去，
受着刈草归来的人们的敬礼；
我先去为你开了柴扉，
而狗将含愁地追望我们多时。

当你祈祷的时候，我将想到那些
筑这些墙垣，钟楼，眺台
和那座沉重得像一头负着
我们每日罪孽的重担的驮兽的大殿的人们。

想到那些捶凿拱门石的人们，
他们是又在长廊下安置一个大圣水瓶的；
想到那些花玻璃窗上绘画帝王
和一个睡在村舍中的小孩子的人们。

我将想到那些锻冶十字架、
雄鸡、门裑、门上的铁件的人们，
想到那些雕刻木头的
合手而死去的美丽的圣女的人们。

我将想到那些熔制钟的铜的人们，
在那里，人们投进一个黄金的羔羊去，
想到那些在一二一一年掘坟穴的人们：
在坟里，圣鄂克安眠着，像宝藏一样。

保尔·福尔作品

　　保尔·福尔（1872—1960），法国诗人，被称为"象征派诗王"。他的诗集共有32卷之多，著名的《法兰西短歌集》，便是包含了他全部作品的总集。1890年，他创办了一个"艺术剧场"，上演梅特林克和马拉美等象征派的诗戏曲，对抗当时的"自由剧场"的自然主义。在一般人认为此类戏曲不可能上演的议论纷纷之下，他最终获得了令人惊异的成功。1912年，他获得了"诗王"的光荣称号。戴望舒称赞他是"法国后期象征派中的最淳朴、最光耀、最富于诗情的诗人。"

回 旋 舞

假如全世界的少女都肯携起手来，她们可以在大海周围跳一个回旋舞。

假如全世界的男孩都肯做水手，他们可以用他们的船在水上造成一座美丽的桥。

那时人们便可以绕着全世界跳一个回旋舞，假如全世界的男孩都肯携起手来。

我有几朵小青花

　　我有几朵小青花，我有几朵比你的眼睛更灿烂的小青花。——给我吧！——她们是属于我的，她们是不属于任何人的。在山顶上，爱人啊，在山顶上。

　　我有几粒红水晶，我有几粒比你嘴唇更鲜艳的红水晶。——给我吧！——她们是属于我的，她们是不属于任何人的。在我家里炉灰底下，爱人啊，在我家里炉灰底下。

　　我已找到了一颗心，我已找到了两颗心，我已找到了一千颗心。——让我看！——我已找到了爱情，她是属于大家的。在路上到处都有，爱人啊，在路上到处都有。

晓　歌

我的苦痛在哪里？我已没有苦痛了。我的恋人在哪里？我不去顾虑。

在柔温的海滩上，在晴爽的时辰，在无邪的清晨，哦，辽远的海啊！

我的苦痛在哪里？我已没有苦痛了。我的恋人在哪里？我不去顾虑。

海上的微风，你的飘带的波浪啊，你在我洁白的指间的飘带的波浪啊！

我的恋人在哪里？我已没有苦痛了。我的苦痛在哪里？我不去顾虑。

在珠母色的天上，我的眼光追随过那闪耀着露珠的，灰色的海鸥。

我已没有苦痛了。我的恋人在哪里？我的苦痛在哪里？我已没有恋人了。

在无邪的清晨，哦，辽远的海啊！这不过是日边的低语。

我的苦痛在哪里？我已没有苦痛了。这不过是日边的低语。

晚 歌

森林的风要我怎样啊，在夜间摇着树叶？

森林的风要我们什么啊，在我们家里惊动着火焰？

森林的风寻找着什么啊，敲着窗儿又走开去？

森林的风看见了什么啊，要这样地惊呼起来？

我有什么得罪了森林的风啊，偏要裂碎我的心？

森林的风是我的什么啊，要我流了这样多的眼泪？

夏夜之梦

山间自由的蔷薇昨晚欢乐地跳跃，而一切田野间的蔷薇，在一切的花园中都说：

"我的姊妹们，我们轻轻地跳过栅子吧。园丁的喷水壶比得上晶耀的雾吗？"

在一个夏夜，我看见在大地一切的路上，花坛的蔷薇都向一枝自由的蔷薇跑去！

幸　福

幸福是在草场中。快跑过去，快跑过去。幸福是在草场中，快跑过去，它就要溜了。

假如你要捉住它，快跑过去，快跑过去。假如你要捉住它，快跑过去，它就要溜了。

在杉菜和野茴香中，快跑过去，快跑过去。在杉菜和野茴香中，快跑过去，它就要溜了。

在羊角上，快跑过去，快跑过去。在羊角上，快跑过去，它就要溜了。

　　在小溪的波上，快跑过去，快跑过去。在小溪的波上，快跑过去，它就要溜了。

　　从林檎树到樱桃树，快跑过去，快跑过去。从林擒树到樱桃树，快跑过去，它就要溜了。

　　跳过篱垣，快跑过去，快跑过去。跳过篱垣，快跑过去，它已溜了！

魏尔伦作品

法国诗人保尔·魏尔伦（1844—1896）是法国象征派诗歌的"诗人之王"， 是一个非常忧伤的诗人。他于1866年出版的首部诗集，既定名为《忧郁诗章》，而在随后，忧郁贯穿了他一生写作的全过程。魏尔伦时常把自己内心的真情实感融入到自然情景当中，在他看来，自然恍然如奇异的梦，使他沉溺于自然与人性的和谐当中。尽管忧郁，魏尔伦的很多优秀作品还是很明朗轻快、清新自然、流畅而舒缓的。

瓦上长天

瓦上长天
　　柔复青！
瓦上高树
　　摇娉婷。

天上鸣铃
　　幽复清。
树间小鸟
　　啼怨声。

帝啊，上界生涯
　　温复淳。
低城飘下
　　太平音。

——你来何事
泪飘零，
如何消尽
　　好青春？

泪珠飘落萦心曲

泪珠飘落萦心曲，
迷茫如雨蒙华屋；
何事又离愁，
凝思悠复悠。

霏霏窗外雨；
滴滴淋街宇；
似为我忧心，
低吟凄楚声。

泪珠飘落知何以？
忧思宛转凝胸际；
嫌厌未曾栽，
心烦无故来。

沉沉多怨虑，
不识愁何处；
无爱亦无憎，
微心争不宁？

一个贫穷的牧羊人

我怕那亲嘴
像怕那蜜蜂。
我戒备又忍痛
没有安睡：
我怕那亲嘴！

可是我却爱凯特
和她一双妙眼。
她生得轻捷，
有洁白的长脸，
哦！我多么爱凯特！

今朝是"圣华兰丁"
我应得问她在早晨，
可是我不敢
说那可怕的事情，
除了这"圣华兰丁"。

她已经允许我，
多么地幸运！
可是应该这么做
才算得个情人
在一个允许后！

我怕那亲嘴
像怕那蜜蜂。
我戒备又忍痛
没有安睡：
我怕那亲嘴！

耶麦作品

　　法朗西思·耶麦[①]（1868—1938），法国旧教派诗人。他笃信宗教，热爱自然，他的诗通常把神秘与现实混杂在一起。他的诗大都非常质朴，很少出现绚丽的辞藻。

---

①法朗西思·耶麦现在通常译为弗朗西斯·雅姆。

屋子会充满了蔷薇

屋子会充满了蔷薇和黄蜂，
在午后，人们会在那儿听到晚祷声，
而那些颜色像透明的宝石的葡萄
似乎会在太阳下舒徐的幽阴中睡觉。
我在那儿会多么地爱你！我给你我整个的心，
（它是二十四岁）和我的善讽的心灵，
我的骄傲，我的白蔷薇的诗也不例外；
然而我却不认得你，你是并不存在，
我只知道，如果你是活着的，
如果你是像我一样地在牧场深处，
我们便会欢笑着接吻，在金色的蜂群下，
在凉爽的溪流边，在浓密的树叶下。
我们只会听到太阳的暑热。
在你的耳上，你会有胡桃树的阴影，
随后我们会停止了笑，密合我们的嘴，
来说那人们不能说的我们的爱情；
于是我会找到了，在你的嘴唇的胭脂色上，
金色的葡萄的味，红蔷薇的味，蜂儿的味。

我爱那如此温柔的驴子

我爱那如此温柔的驴子，
它沿着冬青树走着。

它提防着蜜蜂
又摇动它的耳朵；

它还载着穷人们
和满装着燕麦的袋子。

它跨着小小的快步
走近那沟渠。

我的恋人以为它愚蠢，
因为它是诗人。

它老是思索着。
它的眼睛是天鹅绒的。

温柔的少女啊，
你没有它的温柔：

因为它是在上帝面前的，
这青天的温柔的驴子。

而它住在牲口房里，
忍耐又可怜，

把它的可怜的小脚
走得累极了。

它已尽了它的职务
从清晨到晚上。

少女啊，你做了些什么？
你已缝过你的衣衫……

可是驴子却伤了：
因为虻蝇螫了它。

它竭力地操作过
使你们看了可怜。

小姑娘，你吃过什么了？

——你吃过樱桃吧。

驴子却燕麦都没得吃，
因为主人太穷了。

它吮着绳子，
然后在幽暗中睡了……

你的心儿的绳子
没有那样甜美。

它是如此温柔的驴子，
它沿着冬青树走着。

我有"长恨"的心：
这两个字会得你的欢心。

对我说吧，我的爱人，
我还是哭呢，还是笑？

去找那衰老的驴子，
向它说：我的灵魂

是在那些大道上的，
正和它清晨在大道上一样。

去问它，爱人啊，
我是哭呢，还是笑？

我怕它不能回答：
它将在幽暗中走着，

充满了温柔，
在披花的路上。

膳　厅

有一架不很光泽的衣橱，
它会听见过我的姑祖母的声音，
它会听见过我的祖父的声音。
它会听见过我的父亲的声音。
对于这些记忆，衣橱是忠实的。
别人以为它只会缄默着是错了，
因为我和它谈着话。

还有一个木制的挂钟，
我不知道为什么它已没有声音了，
我不愿去问它。
或许那在它弹簧里的声音，
已是无疾而终了，
正如死者的声音一样。

还有一条老旧的碗橱，
它有蜡的气味，糖果的气味，
肉的气味，面包的气味和熟梨的气味。
它是个忠心的仆役，它知道
它不应该窃取我们一点东西。

有许多到我家里来的男子和妇女，
他们不信这些小小的灵魂。
而我微笑着，他们以为只有我独自个活着。

当一个访客进来时问我说：
——你好吗，耶麦先生？

少 女

那少女是洁白的，
在她的宽阔的袖口里，
她的腕上有蓝色的静脉。

人们不知道她为什么笑着。
有时她喊着，
声音是刺耳的。

难道她恐怕
在路上采花的时候
摘了你们的心去吗？

有时人们说她是知情的。
不见得老是这样吧。
她是低声小语着的。

"哦！我亲爱的！啊，啊……
……你想想……礼拜三
我见过他……我笑……了。"她这样说。

有一个青年人苦痛的时候，
她先就不作声了，
她十分吃惊，不再笑了。

在小径上
她双手采满了
有刺的灌木和蕨薇。

她是颀长的，她是洁白的，
她有很温存的手臂。
她是亭亭地立着而低下了头的。

树脂流着

其一

樱树的树脂像金泪一样地流着。
爱人呵，今天是像在热带中一样热：
你且睡在花荫里吧，
那里蝉儿在老蔷薇树的密叶中高鸣。

昨天在人们谈话着的客厅里你很拘束……
但今天只有我们两人了——露丝·般珈儿！
穿着你的布衣静静地睡吧，
在我密吻下睡着吧。

其二

天热得使我们只听见蜜蜂的声音……
多情的小苍蝇，你睡着罢！
这又是什么响声？……这是眠着翡翠的，
榛树下的溪水的声音……
睡着吧……我已不知道这是你的笑声
还是那光耀的卵石上的水流声……

你的梦是温柔的——温柔得使你微微地
微微地动着嘴唇——好像一个甜吻……
说呵，你梦见许多洁白的山羊
到岩石上芬芳的百里香间去休憩吗？

说呵，你梦见树林中的青苔间，
一道清泉突然合着幽韵飞涌出来吗？
——或者你梦见一只桃色、青色的鸟儿
冲破了蜘蛛的网，惊走了兔子吗？

你梦见月亮是一朵绣球花吗？……
——或者你还梦见在井栏上
白桦树开着那散着没药香的金雪的花吗？

——或者你梦见你的嘴唇映在水桶底里，
使我以为是一朵从老蔷薇树上
被风吹落到银色的水中的花吗？

天要下雪了

天要下雪了，再过几天。我想起去年。
在火炉边我想起了我的烦忧。
假如有人问我："什么啊？"
我会说："不要管我吧。没有什么。"

我深深地想过，在去年，在我的房中，
那时外面下着沉重的雪。
我是无事闲想着。现在，正如当时一样
我抽着一支琥珀柄的木烟斗。

我的橡木的老伴侣老是芬芳的。
可是我却愚蠢，因为许多事情都不能变换，
而想要赶开了那些我们知道的事情
也只是一种空架子罢了。

我们为什么想着谈着？这真奇怪；
我们的眼泪和我们的接吻，它们是不谈的，
然而我们却了解它们，
而朋友的步履是比温柔的言语更温柔。

人们将星儿取了名字，
也不想想它们是用不到名字的，
而证明在暗中将飞过的美丽彗星的数目，
是不会强迫它们飞过的。

现在，我去年老旧的烦忧是在哪里？
我难得想起它们。
我会说："不要管我吧，没有什么。"
假使有人到我房里来问我："什么啊？"

为带驴子上天堂而祈祷

在应该到你那儿去的时候，天主啊，
请使那一天是欢庆的田野扬尘的日子吧。
我愿意，正如我在这尘世上一般，
选择一条路走，如我的意愿，
到那在白昼也布满星星的天堂。

我将走大路，携带着我的手杖，
于是我将对我的朋友驴子们说端详：
我是法郎西思·耶麦，现在上天堂，
因为好天主的乡土中，地狱可没有。

我将对它们说：来，青天的温柔的朋友，
你们这些突然晃着耳朵去赶走
马蝇，鞭策蜜蜂的可怜的亲爱的牲口，
请让我来到你面前，围着这些牲口——
我那么爱它们，因为它们慢慢地低下头，
并且站住，一边把它们的小小的脚并齐，
样子是那么地温柔，会叫你怜惜。

我将来到，后面跟着它们的耳朵无数双，
跟着那些驴儿，在腰边驮着大筐，

跟着那些驴儿，拉着卖解人的车辆，
或是拉着大车，上面有毛帚和白铁满装，
跟着那些驴儿，背上驮着隆起的水囊，
跟着那些母驴，踏着小步子，大腹郎当，
跟着那些驴儿，穿上了小腿套一双双，
因为它们有青色的流脓水的伤创，
惹得固执的苍蝇聚在那里着了忙。

天主啊，让我和这些驴子同来见你，
叫天神们在和平之中将我们提携，
行向草木丛生的溪流，在那里，
颤动着樱桃，光滑如少女欢笑的肤肌，
而当我在那个灵魂的寄寓的时候，
俯身临着你的神明的水流，
使我像那些对着永恒之爱的清渠
鉴照着自己卑微而温柔的寒伦的毛驴。

比也尔·核佛尔第作品

比也尔·核佛尔第[①]（1889—1960），20世纪初期法国著名诗人、超现实主义诗歌的先驱之一。1910年定居巴黎，与毕加索、阿波里奈、雅各布等人一起参与立体派活动，1917年至1919年创办并主编杂志《北方—南方》，该刊先后聚集了后来发起超现实主义运动的几位重要人物，并大量发表实验性新诗。所著诗集总共有二十多卷。

①比也尔·核佛尔第现在一般译为皮埃尔·勒韦迪。

还 是 爱

我不愿走向黄昏的森林
去握那些亲昵的影的冰手
我不能再离开绝望的气氛
再抵达阔海间回荡的波
然而我毕竟走向无形的面孔
走向把我囚禁的振动的线条
我双眼在"无定"中划出的线条
什么的时辰，混淆的景色
在沉溺的日子里，当爱过去了，
无对象的爱，昼夜无间地燃烧
突然消耗我灵魂的灯火，它已
倦于守候在塔中消逝的叹息
蓝的远方、热的国度、白的沙
黄中滚动的海滩，懒惰生花
海员睡在晒暖的堤岸上

那奉承坚石的软水

在贪食的阳光下，啃啮着绿茵

沉重的思维闪动它惺忪的眼

轻微的回忆披散在额头上

深床心无底的休眠啊

推到第二天的劳力的斜坡

天空的微笑自手心滑过

还有那因孤独而生的惆怅

关闭的心，深重的心，幽深的心

有朝一日，你终能习惯于伤痛吗？

夜　深

夜所分解的颜色
他们所坐着的桌子
火炉架上的玻璃杯
灯是一颗空虚了的心
这是另一半
一个新的皱纹
你已经想过了吗
窗子倾吐出一个青色的方形
门是更亲切一点
一个分离
悔恨和罪
永别吧我坠入
接受我的手臂的温柔的角度里去了
我斜睨着看见了一切喝着酒的人们
我不敢动
他们都坐着
桌子是圆的
而我的记忆也是如此
我记起了一切的人
甚至那已经走了的

假门或肖像

在不动地在那面的一块地方
在四条线之间
　　白色在那儿映掩着的方形
那托住你的颊儿的手
　　月亮
一个升了火的脸儿
　　另一个人的侧影
　　　但你的眼睛
我跟随那引导我的灯
放在濡湿的眼皮上的一个手指
　　　在中央
眼泪在这空间之内流着
　　　在四条线之间
　　　一片镜子

心灵出去

多少部书！一座寺院，厚厚的墙是用书砌成的。

那边，在那我不知道怎样，我不知道从哪儿进去的里面，我窒息着；天花板是灰色的，蒙了灰尘。一点声音都没有。

那一边多么伟大的思想都不再动了；它们睡着或是已经死了。在这悲哀的宫里，天气是那么地热，那么地阴郁！

我用我的指爪抓墙壁，于是一块一块地，我在右边的墙上挖了一个洞。

那是一扇窗，而那想把我眼睛弄瞎的太阳，不能阻止我向上面眺望。

那是街路，但是那座宫已不再在那儿了。我已经认识了别一些灰尘和别一些围着人行道的墙了。

白　与　黑

除了生活在这盏灯的大白树之外
如何生活在别的地方
　　老人已把他的象牙的牙齿一个个地丢了
何苦继续去咬些永远
　　不死的孩子
　　老人
　　　　牙齿
然而那不是同样的那个梦
而当他自以为他竟和上帝
　　一样伟大 他变了他的宗教
而离开了他的老旧的黑房间
然后他买了些新的领结
　　和一个衣橱
但是现在他的和树一样白的头
　　实际上只是一个可怜的小球
　　在坡级的下面
　　那个球远远地动着
旁边有一头狗而在他的远远的形象中
当他动着的时候人们已不更知道那是否是球

同样的数目

半睁半闭的眼睛
　　　在彼岸的手
天
　　　和一切到来的
门倾斜着
　　　一个头突出来
在框子里
而从门扉间
人们可以望过去
太阳把一切地位都占了去
但是树木总是绿色的
　　　一点钟堕下去
　　　天格外热了
而屋子是更小了
经过的人们走得慢了一点
老是望着上面
　　　现在灯把我们照亮了
同时远远地望着
于是我们可以看见
　　　那过来的光
我们都满意了
　　　晚上
在有人等着我们的另一所屋子前面

波特莱尔作品

夏尔·波特莱尔（1821—1867），法国诗人、文艺批评家。主要作品有诗集《恶之华》，散文诗集《巴黎的忧郁》和《人为的天堂》，理论批评《美学管窥》和《浪漫主义艺术》。思想和创作受美国诗人爱伦·坡影响，是法国象征主义诗歌的先驱，也是现代主义的创始人之一。

诗集《恶之华》是波特莱尔的代表作，《恶之华》的"恶"字，法文原义不仅指恶劣与罪恶，也指疾病与痛苦，诗人自称他的诗篇是"病态之华"。《恶之华》歌唱醇酒、美人，强调感官陶醉，反映了诗人对现实的不满，对外界世界绝望的反抗。以下的诗篇全部选自《恶之华》。

应　和

自然是一庙堂，那里活的柱石
不时地传出模糊隐约的语音……
人穿过象征的林从那里经行，
树林望着他，投以熟稔的凝视。

正如悠长的回声遥遥地合并，
归入一个幽黑而渊深的和谐——
广大有如光明，浩漫有如黑夜——
香味，颜色和声音都互相呼应。

有的香味新鲜如儿童的肌肤，
柔和有如洞箫，翠绿有如草场，
——别的香味呢，腐烂，轩昂而丰富，

具有着无极限的品物的扩张，
如琥珀香、麝香、安息香、篆烟香，
那样歌唱性灵和官感的欢狂。

赠你这几行诗

赠你这几行诗，为了我的姓名
如果侥幸传到那辽远的后代，
一晚叫世人的头脑做起梦来，
有如船儿给大北风顺势推行，

像缥缈的传说一样，你的追忆，
正如那铜弦琴，叫读书人烦厌，
由于一种友爱而神秘的锁链
依存于我高傲的韵，有如悬系；

受诅咒的人，从深渊直到天顶，
除我以外，什么也对你不回应！
——哦，你啊，像一个影子，踪迹飘忽，

你用轻盈的脚和澄澈的凝视
见他批评你苦涩的尘世蠢物，
黑玉眼的雕像，铜额的大天使！

黄昏的和谐

现在时候到了，在茎上震颤颤，
每朵花氤氲浮动，像一炉香篆；
音和香味在黄昏的空中回转；
忧郁的圆舞曲和懒散的昏眩。

每朵花氤氲浮动，像一炉香篆；
提琴颤动，恰似心儿受了伤残；
忧郁的圆舞曲和懒散的昏眩！
天悲哀而美丽，像一个大祭坛。

提琴颤动，恰似心儿受了伤残，
一颗柔心，它恨虚无的黑漫漫！
天悲哀而美丽，像一个大祭坛；
太阳在它自己的凝血中沉湮……

一颗柔心（它恨虚无的黑漫漫）
收拾起光辉昔日的全部余残！
太阳在它自己的凝血中沉湮……
我心头你的记忆"发光"般明灿！

美

哦，世人！我美丽有如石头的梦，
我的使每个人轮流斫丧的胸
生来使诗人感兴起一种无穷
而缄默的爱情，正和元素相同。

如难解的斯芬克斯，我御碧霄：
我将雪的心融于天鹅的皓皓；
我憎恶动势，因为它移动线条，
我永远也不哭，我永远也不笑。

诗人们，在我伟大的姿态之前
（我似乎仿之于最高傲的故迹）
将把岁月消磨于庄严的钻研；

因为要叫驯服的情郎们眩迷，
我有着使万象美丽的纯镜：
我的眼睛，我光明不灭的眼睛！

裂　钟

又苦又甜的是在冬天的夜里，
对着闪烁又冒烟的炉火融融，
听辽远的记忆慢腾腾地升起，
应着在雾中歌唱的和鸣的钟。

幸福的是那口大钟，嗓子洪亮，
它虽然年老，却矍铄而又遒劲，
虔信地把它宗教的呼声高放，
正如那在营帐下守夜的老兵。

我呢，灵魂开了裂，而当它烦闷
想把夜的寒气布满它的歌声，
它的嗓子就往往会低沉衰软，

像被遗忘的伤者的沉沉残喘——
他在血湖边，在大堆死尸下底，
一动也不动，在大努力中垂毙。

快乐的死者

在一片沃土中，那里满是蜗牛，
我要亲自动手掘一个深坑洞，
容我悠闲地摊开我的老骨头，
而睡在遗忘里，如鲨鱼在水中。

我恨那些遗嘱，又恨那些坟墓；
与其求世人把一滴眼泪抛撒，
我宁愿在生时邀请那些饥鸟
来啄我的贱体，让周身都流血。

虫豸啊！无耳目的黑色同伴人，
看自在快乐的死者来陪你们；
会享乐的哲学家，腐烂的儿子。

请毫不懊悔地穿过我臭皮囊，
向我说，对于这没灵魂的陈尸，
死在死者间，还有甚酷刑难当！

声　音

我的摇篮靠着书库——这阴森森
巴贝尔塔，有小说，科学，词话，
一切，拉丁的灰烬和希腊的尘，
都混和着。我像对开本似高大。
两个声音对我说话。狡狯，肯定，
一个说："世界是一个糕，蜜蜜甜，
我可以（那时你的快乐就无尽）
使得你的胃口那么大，那么健。"
另一个说："来吧！到梦里来旅行，
超越过可能，超越过已知！"
于是它歌唱，像沙滩上的风声，
啼唤的幽灵，也不知从何而至，
声声都悦耳，却也使耳朵惊却。
我回答了你："是的！柔和的声音！"
从此后就来了，哎！那可以称做
我的伤和宿命。在浩漫的生存
布景后面，在深渊最黑暗所在，

我清楚地看见那些奇异世界，
于是，受了我出神的明眼的害，
我曳着一些蛇——它们咬我的鞋。
于是从那时候起，好像先知，
我那么多情地爱着沙漠和海；
我在哀悼中欢笑，欢庆中泪湿，
又在最苦的酒里找到美味来；
我惯常把事实当作虚谎玄空，
眼睛向着天，我坠落到窟窿里。
声音却安慰我说："保留你的梦：
哲人还没有狂人那样美丽！"

入　定

乖一点，我的沉哀，你得更安静，
你吵着要黄昏，它来啦，你瞧瞧：
一片幽暗的大气笼罩住全城，
与此带来宁谧，与彼带来烦恼。

当那凡人们的卑贱庸俗之群，
受着无情刽子手"逸乐"的鞭打，
要到奴性的欢庆中采撷悔恨，
沉哀啊，伸手给我，朝这边来吧，

避开他们。你看那逝去的年光，
穿着过时衣衫，凭着天的画廊，
看那微笑的怅恨从水底浮露，

看睡在涵洞下的垂死的太阳，
我的爱，再听温柔的夜在走路，
就好像一条长殓布曳向东方。

高　举

在池塘的上面，在谿谷的上面，
临驾于高山，树林，天云和海洋，
超越过灏气，超越过太阳，
超越过那缀星的天球的界限。

我的心灵啊，你在敏捷地飞翔，
恰如善泳的人沉迷在波浪中，
你欣然犁着深深的广袤无穷，
怀着雄赳赳的狂欢，难以言讲。

远远地从这疾病的瘴气飞脱，
到崇高的大气中去把你洗净，
像一种清醇神明的美酒，你饮
滂渤弥漫在空间的光明的火。

那烦郁和无边的忧伤的沉重，
沉甸甸压住笼着雾霭的人世，
幸福的唯有能够高举起健翅，
从它们后面飞向明朗的天空！

幸福的唯有思想如云雀悠闲，
在早晨冲飞到长空，没有挂碍
——翱翔在人世之上，轻易地了解
那花枝和无言的万物的语言！

枭 鸟

上有黑水松做遮障，
枭鸟们并排地栖止，
好像是奇异的神祇，
红眼射光。它们默想。

它们站着一动不动
一直到忧郁的时光；
到时候，推开了斜阳，
黑暗将把江山一统。

它们的态度教智者
在世上应畏如蛇蝎：
那芸芸众生和活动；

对过影醉心的人类
永远地要受罚深重——
为了他曾想换地位。

音　乐

音乐时常飘我去，如在大海中！
　　向我苍白的星
在浓雾荫下或在浩漫的太空，
　　我扬帆往前进；

胸膛向前挺，又鼓起我的两肺，
　　好像张满布帆，
我攀登重波积浪的高高的背——
　　黑夜里分辩难。

我感到苦难的船的一切热情
　　在我心头震颤；
顺风，暴风和临着巨涡的时辰，

　　它起来的痉挛
摇抚我。——有时，波平有如大明镜，
　　照我绝望孤影！

秋　　歌（两首）

一

不久我们将沉入寒冷的幽暗，
再会，我们太短的夏日的辉煌！
我已经听到，带着阴森的震撼，
薪木在庭院的石上声声应响。

整个冬日将回到我心头：愤怒，
憎恨，战栗，恐怖，和强迫的劳苦，
正如太阳作北极地狱的囚徒，
我的心将是红冷的一块顽物。

我战栗着听块块坠下的柴木；
筑刑架也没有更沉着的回响。
我心灵好似个堡垒，终于屈服，
受了沉重不倦的撞角的击撞。

为这单调的震撼所摇，我好像
什么地方有人匆忙把棺材钉……
给谁？——昨天是夏；今天秋已临降！
这神秘的声响好像催促登程。

二

我爱你长睛碧辉，温柔的美人，
可是我今朝觉得事事尽堪伤，
你的爱情和妆室，和炉火温存，
看来都不及海上辉煌的太阳。

然而爱我，温柔的心！做个慈母，
纵然是对刁儿，纵然是对逆子；
恋人或妹妹，请你做光耀的秋
或残阳的温柔，由它短暂如此。

短工作！坟墓在等；它贪心无厌！
啊！容我把我的头靠在你膝上，
怅惜着那酷热的白色的夏天，
去尝味那残秋的温柔的黄光。

风　景

为要纯洁地写我的牧歌，我愿
躺在天旁边，像占星家们一般，
和那些钟楼为邻，梦沉沉谛听
它们为风飘去的庄严颂歌声。
两手托腮，在我最高的顶楼上，
我将看见那歌吟冗语的工场；
烟囱，钟楼，都会的这些桅樯，
和使人梦想永恒的无边昊苍。

温柔的是隔着那些雾霭望见
星星生自碧空，灯火生自窗间，
烟煤的江河高高地升到苍穹，
月亮倾泻出它的苍白的迷梦。
我将看见春天，夏天和秋天，
而当单调白雪的冬天来到眼前，
我就要到处关上窗扉，关上门，
在黑暗中建筑我仙境的宫廷。

那时我将梦到微青色的天边，
花园，在纯白之中泣诉的喷泉，
亲吻，鸟儿（它们从早到晚地啼）
和田园诗所有最稚气的一切。
乱民徒然在我窗前兴波无休，
不会叫我从小桌抬起我的头；
因为我将要沉湮于逸乐狂欢，
可以随心任意地召唤回春天，
可以从我心头取出一片太阳，
又造成温雾，用我炙热的思想。

信 天 翁

时常地，为了戏耍，船上的人员
捕捉信天翁，那种海上的巨禽——
这些无挂碍的旅伴，追随海船，
跟着它在苦涩的漩涡上航行。
当他们把它们一放到船板上，
这些青天的王者，羞耻而笨拙，
就可怜地垂倒在他们的身旁
它们洁白的巨翼，像一双桨棹。
这插翅的旅客，多么呆拙委颓！
往时那么美丽，而今丑陋滑稽！
这个人用烟斗戏弄它的尖嘴，
那个人学这飞翔的残废者拐躄！
诗人恰似天云之间的王君，
它出入风波间又笑傲弓弩手；
一旦堕落在尘世，笑骂尽由人，
它巨人般的翼翅妨碍它行走。

盲 人 们

看他们，我的灵魂，他们真丑陋！
像木头人儿一样，微茫地滑稽；
像梦游病人一样地可怕，奇异，
不知向何处瞪着无光的眼球。

他们的眼（神明的火花已全消）
好似望着远处似地，抬向着天；
人们永远不看见他们向地面
梦想般把他们沉重的头抬倒。

他们这样地穿越无限的暗黑——
这永恒的寂静的兄弟。哦，都会！
当你在我们周遭笑，狂叫，唱歌，

竟至于残暴，尽在欢乐中沉醉，
你看我也征途仆仆，但更麻痹，
我说："这些盲人在天上找什么？"

人 和 海

无羁束的人，你将永远爱海洋！
海是你的镜子；你照鉴着灵魂。
在它的波浪的无穷尽的奔腾，
而你心灵是深渊，苦涩也相仿。

你喜欢泅没到你影子的心胸；
你用眼和臂拥抱它，而你的心
有时以它自己的烦嚣来遣兴，
在难驯而粗犷的呻吟声中。

你们一般都是阴森和无牵羁：
人啊，无人测过你深渊的深量；
海啊，无人知道你内蕴的富藏，
你们都争相保持你们的秘密！

然而无尽数世纪以来到此际，
你们无情又无悔地相互争强，
你们那么地爱好杀戮和死亡，
哦，永恒的斗士，哦，深仇的兄弟！

烦　闷（一）

我记忆无尽，好像活了一千岁，

抽屉装得满鼓鼓的一口大柜——
内有清单，诗稿，情书，诉状，曲词，
和卷在收据里的沉重的发丝——
藏着秘密比我可怜的脑还少。

那是一个金字塔，一个大地窖，
收容的死者多得义冢都难比。
我是一片月亮所憎厌的墓地，
那里，有如憾恨，爬着长长的虫，
老是向我最亲密的死者猛攻。

我是旧妆室，充满了凋谢蔷薇，
一大堆过时的时装狼藉纷披，
只有悲哀的粉画，苍白的蒲遂
呼吸着开塞的香水瓶的香味。

当阴郁的不闻问的果实烦厌，
在雪岁沉重的六出飞花下面，
拉得像永恒不朽一般的模样，
什么都比不上跛脚的日子长。
从今后，活的物质啊，你只是
围在可怕的波浪中的花岗石，
瞌睡在笼雾的沙哈拉的深处；
是老斯芬克斯，浮世不加关注，
被遗忘在地图上——阴郁的心怀
只向着落日的光辉清歌一快！

烦　　闷（二）

当沉重的低天像一个盖子般
压在困于长闷的呻吟的心上
当他围抱着天涯的整个周圈
向我们泻下比夜更愁的黑光；

当大地已变成了潮湿的土牢——
在那里，那"愿望"像一只蝙蝠般，
用它畏怯的翅去把墙壁打敲，
又用头撞着朽腐的天花板；

当雨水铺排着它无尽的丝条
挖一个大牢狱的铁栅来模仿，
当一大群沉默的丑蜘蛛来到
我们的脑子底里布它们的网，

那些大钟突然暴怒地跳起来，
向高天放出一片可怕的长嚎，
正如一些无家的飘零的灵怪，
开始顽强固执地呻吟而叫号。

——而长列的棺材，无鼓也无音乐，
慢慢地在我灵魂中游行，"希望"
屈服了，哭着，残酷专制的"苦恼"
把它的黑旗插在我垂头之上。

我没有忘记

我没有忘记，离城市不多远近，
我们的白色家屋，虽小却恬静；
它石膏的果神和老旧的爱神
在小树丛里藏着她们的赤身；
还有那太阳，在傍晚，晶莹华艳，
在折断它的光芒的玻璃窗前，
仿佛在好奇的天上睁目不闪，
凝望着我们悠长静默的进膳，
把它巨蜡般美丽的反照广布
在朴素的台布和哔叽①的帘幕。

———————
①哔叽：用精梳毛纱织制的一种毛织面料。

赤心的女仆

那赤心的女仆，当年你妒忌她，
现在她睡眠在卑微的草地下，
我们也应该带几朵花去供奉。
死者，可怜的死者，都有大苦痛；
当十月这老树的伐枝人嘘吹
它的悲风，围绕着他们的墓碑，
他们一定觉得活人真没良心，
那么安睡着，暖暖地拥着棉衾，
他们却被黑暗的梦想所煎熬，
既没有共枕人，也没有闲说笑，
老骨头冰冻，给虫豸蛀到骨髓，
他们感觉冬天的雪在渗干水，
感觉世纪在消逝，又无友无家
去换挂在他们墓栏上的残花。

假如炉薪啸歌的时候，在晚间，
我看见她坐到圈椅上，很安闲，
假如在十二月的青色的寒宵，
我发现她蜷缩在房间的一角，
神情严肃，从她永恒的床出来，
用慈眼贪看着她长大的小孩；
看见她凹陷的眼睛坠泪滚滚，
我怎样来回答这虔诚的灵魂？

异国的芬芳

秋天暖和的晚间，当我闭了眼
呼吸着你炙热的胸膛的香味，
我就看见展开了幸福的海湄，
炫照着一片单调太阳的火焰；

一个闲懒的岛，那里"自然"产生
奇异的树和甘美可口的果子；
产生身体苗条壮健的小伙子，
和眼睛坦白叫人惊异的女人。

被你的香领向那些迷人地方，
我看见一个港，满是风帆桅樯，
都还显着大海的风波的劳色，

同时那绿色的罗望子的芬芳——
在空中浮动又在我鼻孔充塞，
在我心灵中和入水手的歌唱。

穷人们的死亡

这是"死"，给人安慰，哎！使人生活
这是生之目的，这是唯一希望——
像琼浆一样，使我们沉醉，振作；
使我们有勇气一直走到晚上；

透过飞雪，凝霜，和那暴风雨，
这是我们黑天涯的颤颤光明；
这是记在簿录上的著名逆旅，
那里可以坐坐，吃吃，又睡一顿；

这是一位天使，在磁力的指间，
握着出神的梦之赐予和睡眠，
又替赤裸的穷人把床来重铺；

这是神祇的光荣，是神秘的仓。
是穷人的钱囊和他的老家乡，
是通到那陌生的天庭的廊庑！

洛尔迦作品

　　费德里科·加西亚·洛尔迦（1898—1936），西班牙著名诗人。他把诗歌同西班牙民间歌谣自然地结合起来，创造出了一种全新的"易于吟唱"的诗体，对世界诗坛产生了巨大影响。

　　诗集主要有《诗篇》《深歌集》《最初的歌》《歌集》《吉卜赛谣曲集》《诗人在纽约》《伊涅修·桑契斯·梅希亚思挽歌》《塔马里特诗集》等。

梦游人谣

绿啊，我多么爱你这绿色。
绿的风，绿的树枝。
船在海上，
马在山中。
影子裹住她的腰，
她在露台上做梦。
绿的肌肉，绿的头发，
还有银子般沁凉的眼睛。
绿啊，我多么爱你这绿色。
在吉普赛人的月亮下，
一切东西都看着她，
而她却看不见它们。

绿啊，我多么爱你这绿色，
繁星似的霜花
和那打开黎明之路的
黑暗的鱼一同来到。
无花果用砂皮似的树叶
摩擦着风，
山像野猫似的耸起了

它的激怒了的龙舌兰。
可是谁来了？从哪儿来的？
她徘徊在露台上，
绿的肌肉，绿的头发，
在梦见苦辛的大海。
——朋友，我想要
把我的马换你的屋子，
把我的鞍辔换你的镜子，
把我的短刀换你的毛毯。
朋友，我是从喀勃拉港口
流血回来的。
——要是我办得到，年轻人，
这交易一准成功。
可是我已经不再是我，
我的屋子也不再是我的。
——朋友，我要善终在
我自己的铁床上，
如果可能
还得有荷兰布的被单。
你没有看见我
从胸口直到喉咙的伤口？
——你的白衬衫上
染了三百朵黑玫瑰，
你的血还在腥气地
沿着你的腰带渗出。
但我已经不再是我，
我的屋子也不再是我的。

——至少让我爬上
这高高的露台；
允许我上来！允许我
爬上这绿色的露台。
月光照耀的露台，
那儿可以听到海水的回声。

于是这两个伙伴
走上那高高的露台。
留下了一缕血迹。
留下了一条泪痕。
许多铅皮的小灯笼
在人家屋顶上闪烁。
千百个水晶的手鼓，
在伤害黎明。
绿啊，我多么爱你这绿色，
绿的风，绿的树枝。
两个伙伴一同上去。
长风留给他们嘴里
一种苦胆，薄荷和玉香草的
稀有味道。
朋友，你告诉我，她在哪里？
你那个苦辛的姑娘在哪里？
她等候过你多少次？
她还会等候你多少次？
冷的脸，黑的头发，
在这绿色的露台上！

那吉普赛姑娘
在水池上摇曳着。
绿的肌肉，绿的头发，
还有银子般沁凉的眼睛。
一片冰雪似的月光
把她扶住在水上。
夜色亲密得
像一个小小的广场。
喝醉了的宪警
正在打门。

绿啊，我多么爱你这绿色。
绿的风，绿的树枝。
船在海上，
马在山中。

安东尼妥·艾尔·冈波里奥①在塞维拉街上被捕

安东尼奥·陶莱斯·艾莱第亚，
冈波里奥家的子孙，
到塞维拉去看斗牛，
手里拿了个柳木棍。
像碧月一样的棕黑，
他慢慢地走，多么英俊，
他那些光亮的卷发，
飘拂着他的眼睛。
他采了几个柠檬，
在半路上一时高兴，
一个个丢到水里，
看它们浮泛黄金。
于是从一株榆树底下，
闪出来几名宪警。
半路上把他拦住，
拉着胳膊将他抓去。

---

①这是一位吉卜赛青年的名字，"安东尼妥·艾尔·冈波里奥"即"冈波里奥家的小安东尼奥"。这青年无辜地被宪警侮辱与逮捕，又为了维持"家声"，和他的族人斗争而死。随后的那首《安东尼妥·艾尔·冈波里奥之死》讲述的也是这个故事。

白天过得好慢，
一个肩膀上挂着黄昏，
仿佛在把一件宽大的短褂
披上大海和溪汀。
橄榄树正在静待
魔羯宫降下夜分。
铅灰色的峰峦上，
驰来了尖风一阵。
安东尼奥·陶莱斯·艾莱第亚，
冈波里奥家的子孙，
走在五顶三角帽中间②，
手里没有了柳木棍。

安东尼奥，你是哪一等人？
如果你说是冈波里奥的子孙，
你就该把他们鲜血，
像五道水泉直喷。
你既不是谁的儿子，
也不像真正的冈波里奥子孙。

---

②西班牙的宪警当时戴的是一种三角帽，所以西班牙人就用"三角帽"来指代宪警。

如今已没有吉卜赛人，
敢独自走进山林。
他们往昔用过的刀子，
在尘土里愤愤不平。

晚上九点钟，
他们把他送进牢门。
而那些宪警，
正在把柠檬汁笑饮。
晚上九点钟，
他们把他关进牢门。
那时天光亮亮的，
像驹马的后臀。

安东尼妥·艾尔·冈波里奥之死

死的声音响起，
在瓜达基维河附近。
古老的声音围绕着
雄健的紫罗兰的声音。
他在他们的靴上
咬了很多野猪的齿印。
他在这场搏斗中
跳得像个滑溜的海豚。
他在敌人的血里
洗他红色的领巾。
可是敌人有四柄尖刀，
他就只能输定。
当星光在灰白的水上
戳进了刺牛的矛刃，
当犊子梦见了
丁香花的圣巾①，
死的声音响起，
在瓜达基维河附近。

① 圣巾：这里借指西班牙人斗牛时所用的红巾。

安东尼奥·陶莱斯·艾莱第亚，
不愧为冈波里奥家的子孙。
碧月一样的棕黑，
雄健的紫罗兰的声音。
"谁送了你的性命，
在瓜达基维河附近？"
"是四个艾莱第亚，我的表亲，
他们是伯那梅希的居民。
他们妒我忌我，
偏不妒忌别人：
象牙雕镂的鸡心②，
还有这光泽的皮肤，
橄榄和茉莉揉成。"
——啊，冈波里奥家的安东尼妥，
配得上一位女君！
你要记住圣女处，
因为你就要归阴。
——啊，费特列戈·迦尔西亚，
快去报告宪警！

---

②鸡心：这里指一种佩戴在身上的小盒子。

我的腰肢已经折断，
像一枝玉蜀黍的根茎。

淌着三道血流，
他侧身死去，只见半个面庞。
就像一个活的钱币，
再也不能回生。
一个天使大步前来，
把他的头搁上垫枕。
几个疲乏羞愧的天使，
给他点上一盏油灯。
当他这四位表亲，
回到伯那梅希城，
死的声音消逝
在瓜达基维河附近。

西班牙宪警谣

黑的是马。
马蹄铁也是黑的。
他们大氅上闪亮着
墨水和蜡的斑渍。
他们的脑袋是铅的
所以他们没有眼泪。
带着漆皮似的灵魂
他们一路骑马前来。
驼着背，黑夜似的，
到一处便带来了
黑橡胶似的寂静
和细沙似的恐怖。
他们随心所欲地走过，
头脑里藏着
一管无形手枪的
不测风云。

啊，吉卜赛人的城市！
城角上挂满了旗帜。
月亮和冬瓜

还有蜜渍的樱桃。
啊，吉卜赛人的城市！
谁能看了你而不记得？
悲哀和麝香的城，
耸起着许多肉桂色的塔楼。
到了夜色降临，
黑夜遂被夜色染黑，
吉卜赛人在他们的冶场里
熔铸着太阳和箭矢。
一匹重伤的马
敲遍了所有的门。
玻璃做的雄鸡啼鸣
在海莱士①附近
裸体的风从一个
想不到的角上刮起
在这白金的夜里，
黑夜遂被夜色染黑。

圣处女和圣约瑟
遗失了他们的响板，
来寻找吉卜赛人
问他们可曾找到。
圣处女穿了市长太太的
用朱古律包纸做的衣裳
还戴一圈杏仁的念珠。
圣约瑟动着他的胳膊
在一件缎子大氅底下。

①海莱士：西班牙南方的临海城市。

背后走的是贝特洛·杜美克②

还跟着三位波斯的苏丹。

半规圆月在梦中

高兴得像一只白鹤。

旗帜和街灯

侵入了屋顶的平台。

腿股细瘦的舞人

都在镜子里呜咽。

水和影，影和水，

在海莱士附近。

啊，吉卜赛人的城市！

城角上挂满旗帜。

熄掉你们的绿光吧，

功臣③来了！

啊，吉卜赛人的城市！

谁能看了你而不记得？

（让她远离大海

没有梳子给她分披头发。）④

他们两两成行的前进，

来到节日的城市，

长春草⑤的簌簌声，

在他们子弹带里响起，

他们两两成行的前进，

---

②贝特洛·杜美克：海莱士当地名产白葡萄酒的创始人。

③功臣：人民对宪警的讽刺性称呼。

④译者按：这两行有可能是旧有民谣当中的结尾句，用来补充音节。

⑤长春草：一种不容易枯萎的植物，多半种植在墓地当中。

黑衣的夜色配了双档。
他们以为繁星的天
是一个装马具的玻璃橱。

这个被惊慌赶空的城市
打开了无数门户。
四十名宪警
进去大肆劫掠。
时钟都停止了，
瓶里的高涅克酒
装出十一月的神色
为了免得引起疑心。
风旗滴溜溜旋转
发出尖锐的惊叫。
佩刀挥劈生风
许多人头遭殃。
沿着半明半暗的街路
吉卜赛老妇人四处狂奔
牵着她们的打盹的马
驮着丰满的钱罐。
灾星似的大氅
向高高的坡路跑上，
只留下在背后
一阵剪刀似的旋风。
吉卜赛人都聚集在
伯利恒门口，
圣约瑟满身是伤，
在给一个姑娘包扎殓布。
顽固的枪声又尖又响，
震穿了整个黑夜，
而圣处女还在给孩子们

用星星的口涎止痛敷伤。
但那些宪警
还要来散播火花,
从这里,年轻而裸体的
幻想便着火焚烧。
冈波里奥家的露莎
在她门口呻吟倒下。
她两个乳房已被割掉
在一个茶盘里盛放。
还有些逃奔的姑娘,
好像辫子也在追她,
在这爆发着黑火药做的
玫瑰花的空气中跑过。
当所有的屋顶平台
都成为地里的沟渠,
黎明耸着它的肩膀
现出一个巨大的冷酷的侧影。

啊,吉卜赛人的城市!
宪警已经从一个
静静的隧道里走远,
而你的四周还都是火焰。

啊,吉卜赛人的城市!
谁能看了你而不记得?
让他们到我脑门里来找你
这一出月亮和沙的游戏。

三河小谣

瓜达基维河
在橙子和橄榄林里流。
格拉那达的两条河,
从雪里流到小麦的田畴。

哎,爱情呀,
一去不回头!

瓜达基维河,
一把胡须红又红。
格拉那达的两条河,
一条在流血,一条在哀恸。

哎,爱情呀,
一去永随风!

塞维拉有条小路
给帆船通航。
格拉那达的水上,
只有叹息在打桨。

哎，爱情呀，一去不回乡！

瓜达基维河的橙子林里，
高阁凌空，香风徐动。
陶洛和赫尼尔①的野塘边，
荒废的小楼儿孤耸。

哎，爱情呀，
一去永无踪！

谁说水会送来
一个哭泣的磷火！

哎，爱情呀，
一去不回顾！

带些橄榄，带些橙花，
安达路西亚，给你的海洋。

哎，爱情呀，
一去永难忘！

---

①陶洛河和赫尼尔河是格拉那达的两条河。

村　庄

精光的山头
一片骷髅场。
绿水清又清
百年的橄榄树成行。
路上行人
都裹着大氅，
高楼顶上
风旗旋转回往。
永远地
旋转回往。
啊，悲哀的安达路西亚
没落的村庄！

吉 他 琴

吉他琴的呜咽
开始了。
黎明的酒杯
破了。
吉他琴的呜咽
开始了。
要止住它
没有用,
要止住它
不可能。
它单调地哭泣,
像水在哭泣,
像风在雪上
哭泣。
要止住它
不可能。

它哭泣，是为了
远方的东西。
要求看白茶花的
和暖的南方的沙。
哭泣，没有鹄的箭，
没有晨晓的夜晚，
于是第一只鸟
死在枝上。
啊，吉他琴！
心里刺进了
五柄利剑。

两个水手在岸上

——寄华金·阿米戈

一

他在心头养蓄
一条中国海里的鱼。

有时你看见它浮起
小小的，在他眼里。

他虽然是个水手，
却忘记了橙子和酒楼。

他对着水直瞅。

二

他有个肥皂的舌头，
洗掉他的话又闭了口。

大陆平坦，大海起伏，
千百颗星星和他的船舶。

他见过教皇的回廊，
古巴姑娘的金黄的乳房。

他对着水凝望。

水呀你到哪儿去?

水呀你到哪儿去?
我顺着河流,
一路笑到海边去。

海呀你到哪里去?

我向上面的河流
找个地方歇脚去。

赤杨啊,你呢,你做甚么?

我对你甚么话也没有,
我呀……我颤抖!

我要甚么,我不要甚么,
问河去还是问海去?

(四只没有方向的鸟儿,
在高高的赤杨树上。)

安达路西亚水手的夜曲

从喀提思到直布罗陀，
多么好的小路。
海从我的叹息，
认得我的脚步。

哎，姑娘啊姑娘，
多少船停在马拉迦港！

从喀提思到塞维拉，
多少的小柠檬！
柠檬树从我的叹息，
知道我的行踪。

哎，姑娘啊姑娘，
多少船停在马拉迦港！

从塞维拉到加尔莫那，
找不出一柄小刀，
好砍掉半个月亮，
叫风也受伤飞跑。

哎，孩儿啊孩儿，
看波浪带走我的马儿！

在死去的盐场边，
爱人啊，我把你忘记，
让要一颗心的人，
来问我为甚么忘记。

哎，孩儿啊孩儿，
看波浪带走我的马儿！

喀提思，不要走过来，
免得大海淹没你。
塞维拉，脚跟站牢些，
别让江水冲掉你。

哎呀姑娘！
哎呀孩子！
美好的小路多么平，
多少船在港里和海滨，
多么冷！

蔷薇小曲①

蔷薇
不寻找晨曦：
在肉体和梦的边缘，
她寻找别的东西。

蔷薇
不寻找科学和阴翳：
几乎是永恒地在枝上
她寻找别的东西。

蔷薇
不寻找蔷薇：
寂静地向天上，
她寻找别的东西！

①小曲：原文为 Casida，是一种起源于阿拉伯或波斯的小诗形式，一般都是歌咏爱
情的。

小小的死亡之歌

月亮的垂死的草场，
和地下的血，
古旧的血的草场。

昨日和明日的光，
草的垂死的天，
沙的黑夜和亮光。

我遇到了死亡，
在垂死的草场上，
一个小小的死亡。

狗在屋顶上，
只有我的左手
抚摸过枯干的花的
无尽的山冈。

灰烬的大教堂，
沙的黑夜和亮光，
一个小小的死亡。

我，一个人，和一个死亡，
只是一个人，而她
是一个小小的死亡。

月亮的垂死的草场。
雪在呻吟而颤抖
在门的后方。

一个人，早已说过，有什么伎俩？
只有一个人和她。
草场，恋爱，沙和光。

呜　咽

我关紧我的露台，
因为不愿听到呜咽，
但是从灰色的墙背后
听到的只有呜咽。

唱歌的天使不多，
吠叫的狗也没有几条，
一千只提琴也能抓住掌心：
可是呜咽是一个巨大的天使，
呜咽是一条巨大的狗，
呜咽是一只巨大的提琴，
风给眼泪勒住了，
我听到的只有呜咽。

评　论

西子捧心，人皆曰美，东施效颦，见者掩面。西子之所以美，东施之所以丑的，并不是捧心或颦眉，而是她们本质上的美丑。本质上美的，荆钗布裙不能掩；本质上丑的，珠衫翠袖不能饰。

诗也是如此，它的佳劣不在形式而在内容。有"诗"的诗，虽以佶屈聱牙的文字写来也是诗；没有"诗"的诗，虽韵律整齐、音节铿锵，仍然不是诗。只有乡愚才会把穿了彩衣的丑妇当作美人。

——《诗论零札》

戴望舒不但是一位出色的诗歌创作者，也是一位出色的诗歌理论家，他认为诗歌有内在节奏和外在节奏。这一主张为新诗的发展和提升提供了理论根据，很多诗歌论文，都是受戴望舒内外节奏说的启发衍化而来的。如吕进《立象和建构》，袁中岳《心里场·形式场·语言场》，梁南的《"诗家语"纵横谈》等均暗合戴望舒的诗歌理论。可以说，戴望舒的诗歌理论对于后世的诗歌发展起到了重要的开拓与启迪作用。

戴望舒给中国诗人这样一种启发，象征主义与中国文学传统是有着潜在的亲和力的。汉语象征诗发展到戴望舒这里，基本上呈现出了一种成熟的气象。或者说，象征主义这种绝对异质化的诗歌形态，在集译诗与写诗于一身的戴望舒那里终于和中国既有的诗学传统融和起来了。他身上根深蒂固的民族文化素养决定了外来的东西难以反客为主，而良好的欧洲文学素养决定了他能够根据新诗建设的需要选取异域的精华。

一点意见

我觉得近来文艺创作，在量上固然没有前几年那样多，现在质上都已较进步得多了。我们如果把那些所谓"成名"的作品，和现在一般的作品比较起来，我们便立刻可以看出前者是更薄弱、幼稚。"既成者"之所以"趋向凋谢"或竟沉默者，多是比较之下的必然趋势。他们恋着从前的地位，而他们仍然是从前的他们，于是，他们的悲剧便造成了。

其次，便是关于现今的作家。今日作家的创作，除了少数几个人之外，大家露着两个弱点。其一是生活的缺乏，因而他们的作品往往成为一种不真切的，好像是用纸糊出来的东西。他们和不知道无产阶级的生活同样，也不知道资产阶级的生活，然而他们偏要写着这两方面的东西，使人起一种反感。其二是技术上的幼稚。我觉得，现在有几位作家，简直须从识字造句从头来过。他们没有能力把一篇文字写得通顺，别的自然不用说起。

因此，我觉得中国的文艺创作如果要"踏入正常的轨道"，必须经过两条路：生活，技术的修养。

再者，我希望批评者先生们不要向任何人都要求在某一方面是正确的意识，这是不可能的，也是徒然的。

望舒诗论

一、诗不能借重音乐，它应该去了音乐的成分。

二、诗不能借重绘画的长处。

三、单是美的字眼的组合不是诗的特点。

四、象征派的人们说"大自然是被淫过一千次的娼妇"。但是新的娼妇安知不会被淫过一万次，被淫的次数是没有关系的，我们要有新的淫具，新的淫法。

五、诗的韵律不在字的抑扬顿挫上，而在诗的情绪的抑扬顿挫上，即在诗情的程度上。

六、新诗最重要的是诗情上的nuance①而不是字句上的nuance。

七、韵和整齐的字句会妨碍诗情，或使诗情成为畸形的。倘把诗的情绪去适应呆滞的、表面的旧规律，就和把自己的足去穿别人的鞋子一样。愚劣的人们削足适履，比较聪明一点的人选择较合脚的鞋子，但是智者却为自己制最合自己的脚的鞋子。

八、诗不是某一个官感的享乐，而是全官感或超官感的东西。

九、新的诗应该有新的情绪和表现这种情绪的形式。所谓形式，决非表面上的字的排列，也决非新的字眼的堆积。

十、不必一定拿新的事物来做题材（我不反对拿新的事物来做题材），旧的事物中也能找到新的诗情。

十一、旧的古典的应用是无可反对的，在它给予我们一个新情绪的时候。

---

①法文：变异。

十二、不应该有只是炫奇的装饰癖，那是不永存的。

十三、诗应该有自己的originalité^②，但你须使它有cosmopolité^③性，两者不能缺一。

十四、诗是由真实经过想象而出来的，不单是真实，亦不单是想象。

十五、诗应当将自己的情绪表现出来，而使人感到一种东西，诗本身就像是一个生物，不是无生物。

十六、情绪不是用摄影机摄出来的，它应当用巧妙的笔触描写出来。这种笔触又须是活的，千变万化的。

十七、只在用某一种文字写来，某一国人读了感到好的诗，实际上不是诗，那最多是文字的魔术。真的诗的好处并不是文字的长处。

---

②法文：特征。
③法文：普遍。

诗论零札

竹头木屑，牛溲马勃，运用得法，可成为诗，否则仍是一堆弃之不足惜的废物。罗绮锦绣，贝玉金珠，运用得法，亦可成为诗，否则还是一些徒炫眼目的不成器的杂碎。

诗的存在在于它的组织。在这里，竹头木屑，牛溲马勃，和罗绮锦绣，贝玉金珠，其价值是同等的。

批评别人的诗说"如七宝楼台，炫人眼目，拆碎下来，不成片段"，是一种不成理之论。问题不是在于拆碎下来成不成片段，却是在搭起来是不是一座七宝楼台。

西子捧心，人皆曰美，东施效颦，见者掩面。西子之所以美，东施之所以丑的，并不是捧心或颦眉，而是她们本质上的美丑。本质上美的，荆钗布裙不能掩；本质上丑的，珠衫翠袖不能饰。

诗也是如此，它的佳劣不在形式而在内容。有"诗"的诗，虽以佶屈聱牙的文字写来也是诗；没有"诗"的诗，虽韵律整齐音节铿锵，仍然不是诗。只有乡愚才会把穿了彩衣的丑妇当作美人。

说"诗不能翻译"是一个通常的错误。只有坏诗一经翻译才失去一切，因为实际它并没有"诗"包涵在内，而只是字眼和声音的炫弄，只是渣滓。真正的诗在任何语言的翻译中都永远保持着它的价值。而这价值，不但是地域，就是时间也不能损坏的。

翻译可以说是诗的试金石，诗的滤箩。

不用说，我是指并不歪曲原作的翻译。

韵律齐整论者说：有了好的内容而加上"完整的"形式，诗始达于完美之境。

此说听上去好像有点道理，仔细想想，就觉得大谬。诗情是千变万化的，不是仅仅几套形式和韵律的制服所能衣蔽。以为思想应该穿衣裳已经是专断之论了（梵乐希《文学》），何况主张不论肥瘦高矮，都应该一律穿上一定尺寸的制服？

所谓"完整"并不应该就是"与其他相同"。每一首诗应该有它自己固有的"完整"，即不能移植的它自己固有的形式，固有的韵律。

米尔顿说，韵是野蛮人的创造。但是，一般意义的"韵律"，也不过是半开化人的产物而已。仅仅非难韵实乃五十步笑百步之见。

诗的韵律不应只有浮浅的存在。它不应存在于文字的音韵抑扬这表面，而应存在于诗情的抑扬顿挫这内里。

在这一方面，昂德莱·纪德提出过更正确的意见："语辞的韵律不应是表面的，矫饰的，只在于铿锵的语言的继承；它应该随着那由一种微妙的起承转合所按拍着的，思想的曲线而波动着。"

定理：

音乐：以音和时间来表现的情绪的和谐。

绘画：以线条和色彩来表现的情绪的和谐。

舞蹈：以动作来表现的情绪的和谐。

诗：以文字来表现的情绪的和谐。

对于我，音乐，绘画，舞蹈等等，都是同义字，因为它们所要表现的是同一的东西。

把不是"诗"的成分从诗里放逐出去。所谓不是"诗"的成分，我的意思是说，在组织起来时对于诗并非必需的东西。例如通常认为美丽的词藻，铿锵的音韵等等。

并不是反对这些词藻、音韵本身。只当它们对于"诗"并非必需，或妨碍"诗"的时候，才应该驱除它们。

散　文

　　然而十月在不知不觉之中快流尽了。树叶子开始凋零，夹衣在风中也感到微寒了。马德里的残秋是忧郁的，有几天简直不想闲逛了。公寓生活是有趣的，和同寓的大学生聊聊天，和舞姬调调情，就很快地过了几天。接着，有一天你打起精神，再踱到书市去，想看看有什么合意的书，或仅仅看看那青色的忧悒的大眼睛。可是，出乎意外地，那些小木屋都已紧闭着门了。小路显得更宽敞一点，更清冷一点，南火车站的汽笛声显得更频繁而清晰一点。而在路上，凋零的残叶夹杂着纸片书页，给冷冷的风寂寞地吹了过来，又寂寞地吹了过去。

——《记马德里的书市》

　　在进行诗歌创作的同时，戴望舒还是一个擅于在生活当中追寻人生意义，不断学习知识，擅于享受生活的人。于是在他的散文作品当中，有着诸多的游记，有关阅读书籍，抒发自身人生感悟的文章。从这些文章当中，我们可以感受到一个不同的戴望舒，感受一种不一样的人生道路与心路历程。

戴望舒的散文，其行文既不乏诗人的激情，又不无学者的严谨，可以称得上是别具一格。戴望舒的诗借鉴了很多散文的技法与表达方式，而他的散文也借鉴了很多诗歌的抒情特点与表述模式，可以说，他的散文充满了诗的韵味和元素。

都德的一个故居

　　凡是读过阿尔封思·都德（Alphonse Daudet）的那些使人心醉的短篇小说和《小物件》的人，大概总记得他记叙儿时在里昂的生活的那几页吧。（按：《小物件》原名Le Petit Chose，觉得还是译作《小东西》妥当。）

　　都德的家乡本来是尼麦，因为他父亲做生意失败了，才举家迁移到里昂去。他们之所以选了里昂，无疑因为它是法国第二大名城，对于重兴家业是很有希望的。所以，在一八四九年，父亲万桑·都德（Vincent Daudet）便带着他的一家子，那就是说他的妻子，他的三个儿子，他的女儿阿娜，和那就是没有工钱也愿意跟着老东家的忠心的女仆阿奴，从尼麦搭船顺着罗纳河来到了里昂。这段路竟走了三天。在《小物件》中，我们可以看见他们到里昂时的情景。

　　　　在第三天傍晚，我以为我们要淋一阵雨了。天突然阴暗起来，一片浓浓的雾在河上飘舞着。在船头上，已点起了一盏大灯，真的：看到这些兆头，我着急起来了……在这个时候，有人在我旁边说："里昂到了！"同时，那个大钟敲了起来。这就是里昂。

　　里昂是多雾出名的，一年四季晴朗的日子少，阴霾的日子多，尤其是入冬以后，差不多就终日在黑沉沉的冷雾里度生活，一开窗雾就往屋子里扑，一出门雾就朝鼻子里钻，使人好像要窒息似的。在《小物件》里，我们可以看到都德这样说：

　　　　我记得那罩着一层烟煤的天，从两条河上升起来的一片永恒的雾。天并不下雨，它下着雾，而在一种软软的氛围中，墙壁淌着眼泪，地上出着水，楼梯的扶手摸上去发黏。居民的神色，态度，语言，都觉得空气潮湿的意味。

到了这个雾城之后，都德一家就住到拉封路去。这是一条狭小的路，离罗纳河不远，就在市政厅西面。我曾经花了不少的时间去找，问别人也不知道，说出是都德的故居也摇头。谁知竟是一条阴暗的陋巷，还是自己瞎撞撞到的。

那是一排很俗气的屋子，因为街道狭窄的缘故，里面暗是不用说，路是石块铺的，高低不平，加之里昂那种天气，晴天也像下雨，一步一滑，走起来很吃劲。找到了那个门口，以为会柳暗花明又一村，却仍然是那股俗气：一扇死板板的门，虚掩着，窗子上倒加了铁栅，黝黑的墙壁淌着泪水，像都德所说的一样，伸出手去摸门，居然是发黏的。这就是都德的一个故居！而他们竟在这里住了三年。

这就是《小物件》里所说的"偷油婆婆（Babarotte）"的屋子。所谓"偷油婆婆"者，是一种跟蟑螂类似的虫，大概出现在厨房里，而在这所屋里它们四处地爬。我们看都德怎样说吧：

> 在拉封路的那所屋子里，当那女仆阿奴安顿到她的厨房里的时候，一跨进门槛就发了一声急喊："偷油婆婆！偷油婆婆！"我们赶过去。怎样的一种光景啊！厨房里满是那些坏虫子。在碗橱上、墙上，抽屉里，在壁炉架上，在食橱上，什么地方都有！我们不存心地踏死它们。噗！阿奴已经弄死了许多只，可是她越是弄死它们，它们越是来。它们从洗碟盆的洞里来。我们把洞塞住了，可是第二天早上，它们又从另一个地方出来了……

而现在这个"偷油婆婆"的屋子就在我面前了。

在这"偷油婆婆"的屋子里，都德一家六口，再加上一个女仆阿奴，从一八四九年一直住到一八五一年。在一八五一年的户口调查表上，我们看到都德的家况：

> 万桑·都德，业布匹印花，四十三岁；阿黛琳·雷诺，都德妻，四十四岁；葛奈思特·都德，学生，十四岁；阿尔封思·都德，学生，

十一岁；阿娜·都德，幼女，三岁；昂利·都德，学生，十九岁。

昂利是要做教士的，他不久就到阿里克斯的神学校读书去了。他是早年就夭折了的。在《小物件》中，你们大概总还记得写这神学校生徒的死的那动人的一章吧：《他死了，替他祷告吧》

在那张户口调查表上，在都德家属以外，还有这那么怕"偷油婆婆"的女仆阿奴："阿奈特·特兰盖，女仆，三十三岁。"

万桑·都德便在拉封路上又重理起他的旧业来，可是生活却很困难，不得不节衣缩食，用尽方法减省。阿尔封思被送到圣别尔代戴罗的唱歌学校去，葛奈斯特在里昂中学里读书，不久阿尔封思也改进了这个学校。后来阿尔封思得到了奖学金，读得毕业，而那做哥哥的葛奈思特，却不得不因为家境困难的关系，辍学去帮助父亲挣那一份家。关于这些，《小物件》中自然没有，可是在葛奈思特·都德的一本回忆记《我的弟弟和我》中，却记载得很详细。

现在，我是来到这消磨了那《磨坊文札》的作者一部分的童年的所谓"偷油婆婆"的屋子前面了。门是虚掩着，我轻轻地叩了两下，没有人答应。我退后一步，抬起头来，向靠街的楼窗望上去：窗闭着，我看见静静的窗帷，白色的和淡青色的。而在大门上面和二层楼的窗下，我又看到了一块石头的牌子，它告诉我这位那么优秀的作家曾在这儿住过，像我所知道的一样。我又走上前面叩门，这一次是重一点了，但还是没有人答应。我伫立着，等待什么人出来。

我听到里面有轻微的脚步声慢慢地近来，一直到我的面前。虚掩着的门开了，但只是一半；从那里，探出了一个老妇人的皱瘪的脸儿来，先把我从头到脚打量了一番：

"先生，你找谁？"她然后这样问。

我告诉她我并不找什么人，却是想来参观一下一位小说家的旧居。那位小说家就是阿尔封思·都德，在八十多年前，曾在这里的四层楼上住过。

"什么，你来看一位在八十多年前住在这儿的人！"她怀疑地望着我。

"我的意思是说想看看这位小说家住过的地方。譬如说你老人家从前住在一个什么城里，现在经过这个城，去看看你从前住过的地方怎样了。我呢，我读过这位小说家的书，知道他在这里住过，顺便来看看，就是这个意思。"

"你说哪一个小说家？"

“阿尔封思·都德。”我说。

“不知道。你说他从前住在这里的四层楼上？”

“正是，我可以去看看吗？”

“这办不到，先生，”她断然地说，“那里有人住着，是盖奈先生。再说你也看不到什么，那是很普通的几间屋子。”

而正当我要开口的时候，她又打量了我一眼，说：

“对不起，先生，再见。”就缩进头去，把门关上了。

我踌躇了一会儿，又摸了一下发黏的门，望了一眼门顶上的石牌，想着里昂人纪念这位大小说家只有这一片顽石，不觉有点怅惘，打算走了。

可是在这时候，天突然阴暗起来，我急速向南靠罗纳河那面走出这条路去：天并不下雨，它又在那里下雾了，而在罗纳河上，我看见一片浓浓的雾飘舞着，像在一八四九年那幼小的阿尔封思·都德初到里昂的时候一样。

记马德里的书市

无匹的散文家阿索林，曾经在一篇短文中，将法国的书店和西班牙的书店，作了一个比较。他说：

> 在法兰西，差不多一切书店都可以自由地进去，行人可以披览书籍而并不引起书贾的不安；书贾很明白，书籍的爱好者不必常常要购买，而他走进书店去，目的也并不是为了买书；可是，在翻阅之下，偶然有一部书引起了他的兴趣，他就买了它去。在西班牙呢，那些书店都像神圣的圣体龛子那样严封密闭着，而一个陌生人走进书店里去，摩挲书籍，翻阅一会儿，然后又从来路而去这等的事，那简直是荒诞不经，闻所未闻的。

阿索林对于他本国书店的批评，未免过分严格一点。巴黎的书店也尽有严封密闭着，像右岸大街的一些书店那样，而马德里的书店可以进出无人过问翻看随你的，却也不在少数。如果阿索林先生愿意，我是很可以举出两地的书店的名称来作证的。

公正地说，法国的书贾对于顾客的心理研究得更深切一点。他们知道，常常来翻翻看看的人，临了总会买一两本回去的；如果这次不买，那么也许是因为他对于那本书的作者还陌生，也许他觉得那版本不够好，也许他身边没有带够钱，也许他根本只是到书店来消磨一刻空闲的时间。而对于这些人，最好的办法是不理不睬，由他去翻看一个饱。如果殷勤招待，问长问短，那就反而招致他们的麻烦，因而以后就不敢常常来了。

的确，我们走进一家书店去，并不像那些学期开始时抄好书单的学生一样，先有了成见要买什么书的。我们看看某个作家是不是有新书出版；我们看看那已在报上刊出广告来的某一本书，内容是否和书评符合；我们把某一部书的版本，和我们已有的同一部书的版本作一比较；或仅仅是我们约了一位朋友在三点钟会面，而现在只是两点半。走进一家书店去，在我们就像别的人踏进一家咖啡店一样，其目的并不在喝一杯苦水也。因此我们最怕主人的殷勤。第一，他分散了你的注意力，使你不得不想出话去应付他；其次，他会使你警悟到一种歉意，觉得这样非买一部书不可。这样，你全部的闲情逸致就给他们一扫而尽了。你感到受人注意着，监视着，感到担着一重义务，负着一笔必须偿付的债了。

西班牙的书店之所以受阿索林的责备，其原因就是他们不明顾客的心理。他们大都是过分殷勤讨好。他们的态度是没有恶意的，然而对于顾客所产生的效果，却适得其反。记得一九三四年在马德里的时候，一天闲着没事，到最大的"爱斯巴沙加尔贝书店"去浏览，一进门就受到殷勤的店员招待，陪着走来走去，问长问短，介绍这部，推荐那部，不但不给一点空闲，连自由也没有了。自然不好意思不买，结果选购了一本廉价的奥尔德加伊加赛德的小书，满身不舒服地辞了出来。自此以后，就不敢再踏进门槛去了。

在"文艺复兴书店"也遇到类似的情形，可是那次却是硬着头皮一本也不买走出来的。而在马德里我买书最多的地方，却反而是对于主顾并不殷勤招待的圣倍拿陀大街的"迦尔西亚书店"，王子街的"倍尔特朗书店"，特别是"书市"。

"书市"是在农工商部对面的小路沿墙一带。从太阳门出发，经过加雷达思街，沿着阿多恰街走过去，走到南火车站附近，在左面，我们碰到了那农工商部，而在这黑黝黝的建筑的对面小路口，我们就看到了几个黑墨写着的字：La Feria de los Libros，那意思就是"书市"。在往时，据说这传统书市是在农工商部对面的那一条宽阔的林荫道上的，而我在马德里的时候，它却的确移到小路上去了。

这传统的书市是在每年的九月下旬开始，十月底结束的。在这些秋高气爽的日子，到书市中去漫走一下，寻寻，翻翻，看看那些古旧的书，褪了色的版画，各色各样的印刷品，大概也可以算是人生的一乐吧。书市的规模并不大，一列木板盖搭的，肮脏，零乱的小屋，一共有十来间。其中也有一两家兼卖古董的，但到底卖书的还是占着极大的多数。而使人更感到可喜的，便是我们可以随便翻看那些书而不必负起任何购买的义务。

新出版的诗文集和小说，是和羊皮或小牛皮封面的古本杂放在一起。当你看见圣女戴蕾沙的《居室》和共产主义诗人阿尔倍谛的诗集对立着，古代法典《七部》和《马德里卖淫业调查》并排着的时候，你一定会失笑吧。然而那迷人之处，却正存在于这种杂乱和漫不经心。把书籍分门别类，排列得整整齐齐，固然能叫人一目了然，但是这种安排却会使人望而却步，因为这样就使人不敢随便抽看，怕捣乱了人家固有的秩序；如果本来就是这样乱七八糟的，我们就百无禁忌了。再说，旧书店的妙处就在其杂乱，杂乱而后见繁复，繁复然后生趣味。如果你能够从这一大堆的混乱之中发现一部正是你踏破铁鞋无觅处的书来，那是怎样大的喜悦啊！

　　书价低廉是那里的最大的长处。书店要卖七个以至十个贝色达的新书，那里出两三个贝色达就可以携归了。寒斋的阿耶拉全集，阿索林，乌拿莫诺，巴罗哈，瓦利英克朗，米罗等现代作家的小说和散文集，洛尔迦、阿尔倍谛，季兰，沙思纳思等当代诗人的诗集，珍贵的小杂志，都是从那里陆续购得的。我现在也还记得那第三间小木舍的被人叫做华尼多大叔的须眉皆白的店主。我记得他，因为他的书籍的丰富，他的态度的和易，特别是因为那个坐在书城中，把青春的新鲜和故纸的古老形成着奇特的对比，张着青色忧悒的大眼睛望着远方的云树的，他的美丽的孙女儿。

　　我在马德里的大部分闲暇时间，甚至在革命发生，街头枪声四起，铁骑纵横的时候，也都是在那书市的故纸堆里消磨了的。在傍晚，听着南火车站的汽笛声，踏着疲倦的步子，臂间挟着厚厚的已绝版的赛哈道的《赛房德思辞典》或是薄薄的阿尔多拉季雷的签字本诗集，慢慢地沿着灯光已明的阿多恰大街，越过熙来攘往的太阳门广场，慢慢地踱回寓所去对灯披览，这种乐趣恐怕是很少有人能够领略的吧。

　　然而十月在不知不觉之中快流尽了。树叶子开始凋零，夹衣在风中也感到微寒了。马德里的残秋是忧郁的，有几天简直不想闲逛了。公寓生活是有趣的，和同寓的大学生聊聊天，和舞姬调调情，就很快地过了几天。接着，有一天你打起精神，再踱到书市去，想看看有什么合意的书，或仅仅看看那青色的忧悒的大眼睛。可是，出乎意外地，那些小木屋都已紧闭着门了。小路显得更宽敞一点，更清冷一点，南火车站的汽笛声显得更频繁而清晰一点。而在路上，凋零的残叶夹杂着纸片书页，给冷冷的风寂寞地吹了过来，又寂寞地吹了过去。

山居杂缀

山风

窗外，隔着夜的帡幪，迷茫的山岚大概已把整个峰峦笼罩住了吧。冷冷的风从山上吹下来，带着潮湿，带着太阳的气味，或是带着几点从山涧中飞溅出来的水，来叩我的玻璃窗了。

敬礼啊，山风！我敞开门窗欢迎你，我敞开衣襟欢迎你。

抚过云的边缘，抚过崖边的小花，抚过有野兽躺过的岩石，抚过缄默的泥土，抚过歌唱的泉流，你现在来轻轻地抚我了。说啊，山风，你是否从我胸头感到了云的飘忽，花的寂寥，岩石的坚实，泥土的沉郁，泉流的活泼？你会不会说，这是一个奇异的生物！

雨

雨停止了，檐溜还是叮叮地响着，给梦拍着柔和的拍子，好像在江南的一只乌蓬船中一样。"春水碧如天，画船听雨眠"，韦庄的词句又浮到脑中来了。奇迹也许突然发生了吧，也许我已被魔法移到苕溪或是西湖的小船中了吧……

然而突然，香港的倾盆大雨又降下来了。

树

路上的列树已斩伐尽了，疏疏朗朗地残留着可怜的树根。路显得宽阔了一点，短了一点，天和人的距离似乎更接近了。太阳直射到头顶上，雨淋到身上……是的，我们需要阳光，但是我们也需要阴荫啊！早晨鸟雀的啁啾声没有了，傍晚舒徐的散步没有了。空虚的路，寂寞的路！

离门前不远的地方，本来有一棵合欢树，去年秋天，我也还采过那长长的荚果给我的女儿玩。它曾经娉婷地站立在那里，高高地张开它的青翠的华盖一般的叶子，寄托了我们的梦想，又给我们以清阴。而现在，我们却只能在虚空之中，在浮着云片的碧空的背景上，徒然地描画它的青翠之姿了。像现在这样夏天的早晨，它的鲜绿的叶子和火红照眼的花，会给我们怎样的一种清新之感啊！它的浓阴之中藏着雏鸟的小小的啼声，会给我们怎样的一种喜悦啊！想想吧，它的消失对于我们是怎样地可悲啊。

抱着幼小的孩子，我又走到那棵合欢树的树根边来了。锯痕已由淡黄变成黝黑了，然而年轮却还是清清楚楚的，并没有给苔藓或是芝菌侵蚀去。我无聊地数着这一圈圈的年轮：四十二圈！正是我的年龄。它和我度过了同样的岁月，这可怜的合欢树！

树啊，谁更不幸一点，是你呢，还是我？

失去的园子

跋涉的挂虑使我失去了眼界的辽阔和余暇的寄托。我的意思是说，自从我怕走漫漫的长途而移居到这中区的最高一条街以来，我便不再能天天望见大海，不再拥有一个小圃了。屋子后面是高楼，前面是更高的山，门临街路，一点隙地也没有。从此，我便对山面壁而居，而最使我怅惘的，特别是旧居中的那一片小小的园子，那一片由我亲手拓荒，耕耘，施肥，播种，灌溉，收获过的贫瘠的土地。那园子临着海，四周是苍翠的松树，每当耕倦了，抛下锄头，坐到松树下面去，迎着从远处渔帆上吹来的风，望着辽阔的海，就已经使人心醉了。何况它又按着季节，给我们以意外丰富的收获呢？

可是搬到这里以后，一切都改变了。载在火车上和书籍一同搬来的耕具：锄头，铁钯，铲子，尖锄，除草钯，移植铲，灌溉壶等等，都冷落地被抛弃在天台上，而且生了锈。这些可怜的东西！它们应该像我一样地寂寞吧。

好像是本能地，我不时想着："现在是种蕃茄的时候了"，或是"现在玉蜀黍可以收获了"，或是"要是我能从家乡弄到一点蚕豆种就好了"。我把这种思想告诉了妻，于是她就提议说："我们要不要像邻居那样，叫人挑泥到天台上去，在那里开辟一个园地？"可是我立刻反对，因为天台是那么小，而且阳光也那么少，给四面的高楼遮住了。于是这计划打消了，而旧园的梦想却仍旧继续着。

大概看到我常常为这种思想困恼着吧，妻在偷偷地活动着。于是，有一天，她高高兴兴地来对我说："你可以有一个真正的园子了。你不看见我们对邻有一片空地吗？他们人少，种不了许多地，我已和他们商量好，划一部分地给我们种，水也很方便。现在，你说什么时候开始吧。"

她一定以为会给我一个意外的喜悦的，可是我却含糊地应着，心里想："那不是我的园地，我要我自己的园地。"可是为了要不使妻太难堪，我期期地回答她："你不是劝我不要太疲劳吗？你的话是对的，我需要休息。我们把这种地的计划打消了吧。"

再生的波兰

他们在瓦砾之中生长着，以防空洞为家，以咖啡店为办事处，食无定时，穿不称身的旧衣，但是他们却微笑着，骄傲地过着生活。

波兰的生活已慢慢地趋向正常了，但是这个过程却是痛苦的。混乱和破坏便是德国人在五年半的占领之后所留下的遗物。什么东西都必须从头做起。波兰好像是一片殖民的土地，必须要从一片空无所有的地方建立一个新的社会，一个经济秩序和一个政治行政。除此以外，带有一个附加的困难：德国人所播下的仇恨和猜疑的种子，必须连根铲除。

这里是几幅画像。在华沙区中，砖瓦工业已差不多完全破坏了，而华沙却急着需要砖瓦，因为它百分之八十五的房屋都已坍败了。第一件急务是重建砖瓦工业。那些未受损害的西莱细亚区域的工场，在战前每年能够出产七万万块砖瓦。它们可能立刻拿来用，但是困难却在运输上。铁路的货车已毁坏了，残余下多少交通材料尚待调查。政府想用汽车和运货汽车来补充。UNNRA已经开始交货了，而且也答应得更多一点。

百分之六十的波兰面粉厂已变成瓦砾场了。政府感到重建它们的急要，现在已开始帮助它们重建了。在一万二千间面粉厂之中，二千间是由政府直接管理的——这些大都是被赶出去了的德国人的产业。其余的面粉厂也由官方代管着，等待主有者来接收。

华沙是战争的最悲剧的城，又是世界上最古怪的城。在它的大街上走着的时候，你除了废墟之外什么也看不到。这座城好像是死去而没有鬼魂出没的；可是从这些废墟之间，却浮现出生活来，一种认真的工作而吃苦的生活，但却也是一种令人惊奇的快乐的生活。

你看见那些微笑的脸儿，忙碌的人物，跑来跑去的人。交通是十分不方便，少数的几架电车不够符合市民的需要，所以停车站上都排着长长的队伍。

今日华沙的最动人的景象，也许就是废墟之间的咖啡店生活吧。化为一堆瓦砾的大厦，当你在旁边走过的时候，也许会辨认不出来吧。瓦砾已被清除了，十张桌子和四十张椅子，整整齐齐地安排在那往时的大厦的楼下一层的餐室中，门口挂着一块招牌，骄傲地宣称这是"巴黎咖啡店"。顾客们来来去去，侍者侍候他们，生活就回到了那废墟。在今日，这些咖啡店就是复活的华沙的象征。

人们住在地下防空洞，临时搭的房间，或是郊外的避弹屋。这些住所是只适合度夜的，成千成万的人都把他们的日子消磨在咖啡店中。那些咖啡店，有时候是设在一所破坏了的屋子的最低一层，上面临时用木板或是洋铁皮遮盖着；有时设在那在轰炸中神奇地保全了的玻璃顶阳台上；但是大部分的咖啡店，却都是露天的。在那里，人们坐着谈天，讲生意，办公事。他们似乎很快乐，但是如果你听他们谈话，你可以听见他们在那儿抱怨。他们不满意建筑太慢，交通太不方便。

这种临时的咖啡店吸引了各色各样的顾客：贩子们兜人买自来水笔和旧衣服，孩子卖报纸，还有一种特别的人物，那就是专卖外国货币的人。什么事情都有变通办法，如果有一件东西是无法弄得到的，只要一说出来，过了一小时你就可以弄到手。和咖啡店作着竞争的，有店铺和摊位。只消在被炮火打得洞穿的墙上钉几块木牌，店铺就开出来了。那些招牌宣告了那些店铺的存在和性质："巴黎理发店"，"整旧如新，立等即有"等等。在另一条街上，在破碎的玻璃后面，几枝花和一块招牌写着"小勃里斯多尔"——原来在旧日的华沙，勃里斯多尔饭店是最大的旅馆。

这便是街头的生活，但是微笑的脸儿却隐藏着无数的忧虑。人民的衣服都穿得很坏；在波兰全国，衣服和皮革都缺乏得很，许多人都穿着几年以前的旧衣服，用不论任何方法去聊以蔽体。有的人则买旧衣服来穿，也不管那些衣服称身不称身，袖短及肘，裤短及膝的，也是常见的了。

在生活中的每一部门，都缺乏熟练的人手。医生非常稀少，而人民却急需医药。几年以来，他们都是营养不良而且常常生病。孩子们都缺乏维他命和医药。留在那里的医生都忙得不可开交，他们不得不去和希特勒的饥饿政策和缺乏卫生的后患斗争，然而人民却并不仅仅生活。他们还亲切而骄傲地生活。那最初在华沙行驶的电车都结满了花带。那些并不比摊子大一点的店铺都卖着花。在波兰，差不多已经有三十家戏院开门了，而克格哥交响乐队，也经常奏演了。

　　报纸、杂志和专门出版物，都渐渐多起来，但是纸张的缺乏却妨碍了出版界的发展。小学和大学都重开了，但是书籍和仪器却十分缺乏。

　　在波兰，差不多任何东西都是不够供应。物价是高过受薪阶层的购买力。运输的缺乏增加了食品分配的困难，但是工厂和餐室，以及政府机关的食堂，却都竭力弥补这个缺陷。在波兰的经济机构中，是有着那么许多空洞，你刚补好了一个洞，另外五个洞又现出来了。经济的发动机的操纵杆不能操纵自如，于是整部车子就走几码就停下来了。

　　除了物质的需要之外，还有精神的不安。精确的估计算出，从一九三九年起，波兰死亡的总数有六百万人。现在还有成千成万的人，都还不知道自己的家属的存亡和命运。幸而人民的精神拯救了这个现状。他们泰然微笑地穿着他们不称身的衣服，吃着他们的不规则的饭食，忍受着物品的缺乏和运输的迟缓。他们已下了决心，要使波兰重新生活起来。

香港的旧书市

这里有生意经，也有神话。

香港人对于书的估价，往往是会使外方人吃惊的。明清善本书可以论斤称，而一部极平常的书却会被人视为稀世之珍。一位朋友告诉我：他的亲戚珍藏着一部《中华民国邮政地图》，待价而沽，须港币五千元（合国币四百万元）方肯出让。这等奇闻，恐怕只有在那个小岛上听得到吧。版本自然更谈不到，"明版康熙字典"一类的笑谈，在那里也是家常便饭了。

这样的一个地方，旧书市的性质自然和北平、上海、苏州、杭州、南京等地不同。不但是规模的大小而已，就连收买的方式和售出的对象，也都有很大的差别。那里卖旧书的仅是一些变相的地摊，沿街靠壁钉一两个木板架子，搭一个避风雨的遮棚，如此而已。收书是论斤断秤的，道林纸和报纸印的书每斤出价约港币一二毫，而全张报纸的价钱却反而高一倍；有硬面书皮的洋装书更便宜一点，因为纸板"重秤"，中国纸的线装书，出到一毫一斤就是最高的价钱了。他们比较肯出价钱的倒是学校用的教科书，簿记学书，研究养鸡养兔的书等等，因为要这些书的人是非购不可的，所以他们也就肯以高价收入了。其次是医科和工科用书，为的是转运内地可以卖很高的价钱。此外便剩下"杂书"，只得卖给那些不大肯出钱的他们所谓"藏家"和"睇家"了。他们最大的主顾是小贩。这并不是说香港小贩最深知读书之"实惠"的人，在他们是无足重轻的。

旧书摊最多的是皇后大道中央戏院附近的楼梯街，现在共有五个摊子。从大道拾级上去，左首第一家是"龄记"，管摊的是一个十余岁的孩子（他父亲则在下面一点公厕旁边摆废纸摊），年纪最小，却懂得许多事。著《相对论》的是爱因斯坦，歌德是德国大文豪，他都头头是道。日寇占领香港后，这摊子收到了大批德日文学书，现在已卖得一本也不剩，又经过了一次失窃，现在已没有什么好东西了。隔壁是"焯记",摊主是一个老是有礼貌的中年人,专卖中国铅印书,价钱可不便宜,不看也没有什么关系。他对面是"季记",管摊的是姐妹二人。到底是女人,收书卖书都差点功夫。虽则有时能看顾客的眼色和态度见风使舵,可是索价总嫌"离谱"(粤语不合分寸)一点。从前还有一些四部丛刊零本,现在却单靠卖教科书和字帖了。"季记"隔壁本来还有"江培记",因为生意不好,已把存货称给鸭巴甸街的"黄沛记",摊位也顶给卖旧铜烂铁的了。上去一点,在摩罗街口,是"德信书店",虽号称书店,却仍旧还是一个摊子。主持人是一对少年夫妇,书相当多,可是也相当贵。他以为是好书,就一分钱也不让价,反之,没有被他注意的书,讨价之廉竟会使人不相信。"格吕尼"版的波德莱尔的《恶之华》和韩波的《作品集》,两册只讨港币一元,希米忒的《莎士比亚字典》会论斤称给你,这等事在我们看来,差不多有点近乎神话了。"德信书店"隔壁是"华记"。虽则摊号仍是"华记",老板却已换过了。原来的老板是一家父母兄弟四人,在沦陷期中旧书全盛时代,他们在楼梯街竟拥有两个摊子之多。一个是现在这老地方,一个是在"焯记"隔壁,现在已变成旧衣摊了。因为来路稀少,顾客不多,他们便把滞销的书盘给了现在的管摊人,带着好销一些的书到广州去开店了,听说生意还不错呢。现在的"华记"已不如从前远甚,可是因为地利的关系(因为这是这条街第一个摊子,经荷里活道拿下旧书来卖的,第一先经过他的手,好的便宜的,他有选择的优先权),有时还有一点好东西。

在楼梯街,当你走到了"华记"的时候,书市便到了尽头。那时你便向左转,沿着荷里活道走两三百步,于是你便走到鸭巴甸街口。

鸭巴甸街的书摊名声还远不及楼梯街的大,规模也比较小一点,书类也比较新一点。可是那里的书,一般地说来,是比较便宜点。下坡左首第一家是"黄沛记",摊主是世业旧书的,所以对于木版书的知识,是比其余的丰富得多,可是对于西文书,就十分外行了。在各摊中,这是取价最廉的一个。他抱着薄利多销主义,所以虽在米珠薪桂的时期,虽则有八口之家,他还是每餐可以饮二两双蒸酒。可是近来他的摊子上也没有什么书,只剩下大批无人过问的日文书,和往日收下来的瓷器古董了。"黄沛记"对面是"董莹光",也是鸭巴甸街的一个老土地,可是人们却称呼他为"大光灯"。大光灯意思就是煤油打气灯,因为战前这个摊子除了卖旧书以外还出租煤油打气灯。那些"大光灯"现在已不存在了,而这雅号却留了下来。"大光灯"的书本来是不贵的,可是近来的索价却大大地"离谱"。据内中人说,因为有几次随便开了大价,居然有人照付了，他卖出味道来，以后就一味地上天讨价了。从"董莹光"走下几步，开在一个店铺中的，是"萧建英"。如果你说他是书摊，他一定会跳起来，因为在楼梯街和鸭巴甸街这两条街上，他是唯一有店铺的——虽则是极其简陋的店铺。管店的是兄弟二人。那做哥哥的人称之为"高佬"，因为又高又瘦。他从前是送行情单的，路头很熟，现在也差不多整天不在店，却四面奔走着收书。实际上在做生意的是他的十四五岁的弟弟。虽则还是一个孩子，做生意的本领却比哥哥更好，抓定了一个价钱之后，你就莫想他让一步。所以你想便宜一点，还是和"高佬"相商。因为"高佬"收得勤，书摊是常常有新书的。可是，近几月以来，因为来源涸绝，不得不把店面的一半分租给另一个专卖翻版书的摊子了。

在现在的"萧建英"斜对面，战前还有一家"民生书店"，是香港唯一专卖线装古书的书店，而且还代顾客装潢书籍号书根。工作不能算顶好，可是在香港却是独一无二的。不幸在香港沦陷后就关了门，现在，如果在香港想补裱古书，除了送到广州去以外就毫无办法了。

鸭巴甸街的书摊尽于此矣，香港的书市也就到了尽头了。此外，东碎西碎还有几家书摊，如中环街市旁以卖废纸为主的一家，西营盘兼卖教科书的"肥林"，跑马地黄泥甬道以租书为主的一家，可是绝少有可买的书，奉劝不必劳驾。再等而下之，那就是禧利街晚间的地道的地摊子了。